Née en 1976, Léonor de Récondo vit à Paris. Violoniste baroque, elle se produit régulièrement avec de nombreuses formations, comme Les Talents Lyriques, La Petite Bande ou L'Yriade, ensemble de musique qu'elle a fondé en 2004. Elle a également enregistré des CD et des DVD. Elle est l'auteur de quatre romans.

DU MÊME AUTEUR

La Grâce du cyprès blanc
Le Temps qu'il fait, 2010

Rêves oubliés
Sabine Wespieser éditeur, 2012
et « Points », n° P3086

Amours
Sabine Wespieser éditeur, 2015

Léonor de Récondo

PIETRA VIVA

ROMAN

Sabine Wespieser Éditeur

TEXTE INTÉGRAL

ISBN 978-2-7578-3804-4
(ISBN 978-2-84805-152-9, 1re publication)

Pour Cécile, ma mère, ma lumière.

Sol d'una pietra viva
L'arte vuol che qui viva
Al par degli anni il volto di costei.

Dans une pierre vive
L'art veut que pour toujours
Y vive le visage de l'aimée.

MICHELANGELO BUONARROTI
Madrigal à Vittoria Colonna, ca. 1540-45

Andrea

La lumière entre par les fenêtres en ogives. Michelangelo joue avec les particules de poussière qui, projetées par le faisceau lumineux, viennent se cogner contre la table en marbre. Les mains agiles du sculpteur passent de l'ombre à la clarté sans se lasser. Il attend.

Frère Guido est venu le chercher dans la matinée en lui disant que l'un des leurs était mort et que le supérieur lui permettait de l'ouvrir. Guido n'emploie jamais le mot « disséquer ». Par respect, dit-il, pour le trépassé, mais aussi pour les vivants qui se doivent de l'étudier avec religiosité.

Michelangelo continue de caresser la lumière, quand il entend les pas s'approcher. Il ne lève pas les yeux vers la porte. Il connaît parfaitement l'enchaînement de gestes que les frères commencent. Presque une danse.

Guido arrivera le premier et, après un bref salut, indiquera le sexe et l'âge du défunt. Frère Andrea et un autre moine entreront à leur tour. Ils porteront le corps recouvert d'un linceul blanc qu'ils déposeront délicatement sur la table en marbre. Guido récitera une petite prière et, après le dernier amen, le silence s'installera.

Andrea voudra rester pour voir ce qui demeure à l'intérieur du corps quand l'âme s'en est allée. Mais Guido lancera son inéluctable : « Mes frères, laissons le maître à son travail. Allons rejoindre le nôtre ! » Et Michelangelo se retrouvera seul dans ce face-à-face qui ne l'émeut plus.

Une fois seulement, il a refusé d'inciser. Derrière Guido, Andrea portait sous un drap blanc, serrée contre sa soutane, une forme minuscule qui semblait plus légère que l'air. Michelangelo a simplement dit que cela lui était impossible, qu'aucun être ne pouvait se dissimuler sous le linceul. Et Andrea lui a répondu :

« Comme je vous comprends, maître. L'âme de l'enfant, en s'arrachant du corps pour s'élever vers le Ciel, a pris avec elle une bonne partie des chairs... »

C'était la première fois que Michelangelo entendait la voix d'Andrea. Il ne sait pas s'ils se sont parlé depuis. L'entendre ne l'intéresse pas, ce qu'il aime c'est le regarder.

La porte s'ouvre. Ils entrent. Michelangelo ferme les yeux. Il attend les informations concernant le cadavre. Mais les pas s'arrêtent à peine le seuil franchi et aucun son ne vient briser le silence.

Il ouvre les yeux. Il y a Guido et, derrière lui, deux frères qui portent le corps. Andrea n'est pas là. Le cœur de Michelangelo se serre. Une pensée lui traverse l'esprit.

« Eh bien, frère Guido, que se passe-t-il ?

– Maître, je ne trouve pas de mots. Jugez par vous-même... »

Les deux frères posent le cadavre sur le marbre. Le corps sous le drap est encore souple. La mort doit dater de peu.

« Frère Andrea n'est pas avec vous ce matin ? »

Le regard de Guido élude la question. Il entame la prière.

Le cœur de Michelangelo se serre un peu plus. Il chasse, une nouvelle fois, l'idée qui le taraude.

La prière est finie, les frères restent, incapables de revenir sur leurs pas, de s'éloigner. Michelangelo hésite à attendre leur départ pour commencer la dissection.

Le poids du lin décide pour lui. Dans un bruit sec, un pan du tissu tombe, dénudant une jambe d'homme. Michelangelo la regarde attentivement. Les poils sont longs et blonds. L'intérieur du genou est recouvert par un léger duvet. La cuisse est vigoureuse, il n'a pas besoin de l'inciser pour sentir la densité des muscles attachés à la rotule. Le pied est fin, les ongles sont propres et parfaitement coupés. L'homme était jeune. Vingt ans peut-être.

Michelangelo a complètement oublié la présence des frères. Il touche le mollet. Comme il l'avait deviné, la peau est souple, à peine cireuse.

Le cœur de Michelangelo bat à tout rompre.

Avec délicatesse, il découvre entièrement le corps. Le sexe est caché par un linge. Il ne regarde pas le visage. Pas encore. L'idée qui cherchait à s'immiscer a maintenant envahi son esprit.

Le torse est imberbe. Les tétons, couleur corail, hissés sur leurs petits monticules de chair, flottent sur la peau immaculée. Les proportions du corps sont parfaites, telles qu'il les avait imaginées.

Andrea, c'est toi qui gis sous mes yeux, n'est-ce pas ?

Comment résister plus longtemps à l'envie de regarder le menton, la bouche, le nez et les paupières closes ? Définitivement closes.

Un râle s'échappe de la gorge de Michelangelo et va frapper la voûte.

Ce bruit extirpe les frères de leur immobilité. Guido tend une petite bible à Michelangelo.

« Il a laissé cela pour vous, maître. »

Le sculpteur reste muet. Il aimerait demander ce qui s'est passé, ou tout simplement pourquoi. Mais il n'y arrive pas. Rien à part ce râle.

Les frères s'éloignent. Michelangelo est maintenant seul dans le silence de la pierre. Il range sa lame et la petite bible dans sa besace.

Jamais il n'a touché le visage d'Andrea. Comment pourrait-il, à présent, ouvrir son corps ?

Andrea, tu es la beauté à l'état pur. La perfection des traits, l'harmonie des muscles et des os.

Quand il l'a vu porter un cadavre, la première fois, il a cru à une allégorie du Christ. Sa jeunesse, sa beauté lumineuse, sa force à soulever si franchement la mort ne pouvaient faire de lui que le fils de Dieu. Et puis, il y avait son regard. Bleu sans peur. Direct comme la foudre du Jugement dernier. Michelangelo est venu disséquer dans la morgue de ce couvent romain pour le simple plaisir de contempler Andrea.

Ils se sont à peine parlé et, malgré cela, Michelangelo a aussitôt reconnu son corps nu, maintenant sans éclat. Il le regarde une dernière fois et l'abandonne à la poussière du faisceau lumineux qui vient rebondir sur son torse.

Il répète doucement :

« Andrea, tu es la beauté à l'état pur. La perfection des traits, l'harmonie des muscles et des os. »

Le voyage

Michelangelo, bouleversé, ne veut pas rester un instant de plus à Rome. Il partira seul. Son assistant le rejoindra plus tard à Carrare. La commande que lui a faite le Pape, quelques semaines auparavant, lui donne une bonne raison de fuir. Là-bas, il oubliera. Il en est presque sûr.

Dans son sac en cuir, il met quelques habits chauds – le printemps dans les montagnes peut être humide et froid –, une paire de chausses en peau de chien, ses ciseaux à marbre préférés, le petit livre de Pétrarque que lui a offert Lorenzo de Medici dont il ne se sépare jamais, un carnet à croquis et la petite bible d'Andrea, qu'il n'a pas encore ouverte. Michelangelo est prêt.

Son voyage vers Carrare dure plusieurs jours. D'abord en bateau, puis à cheval à travers les montagnes. Quand il arrive au port le plus proche des carrières, il lui reste une bonne journée de route.

L'embarcation accoste le soir, et Michelangelo prend une chambre dans une petite auberge qui donne directement sur les quais. Il s'assoit sur son lit et écoute le roulis des vagues s'éloigner peu à peu. Quelques instants auparavant, il a commandé son dîner. La patronne le lui monte, il ne veut pas être avec les autres dans la grande salle. Il préfère rester seul.

En mangeant la soupe de poisson, il songe aux jours derniers. À force de scruter la mer, il a réussi à vider son esprit. Presque à oublier Andrea. Maintenant que les montagnes sont proches, il sait qu'il va pouvoir s'abandonner au travail, aux discussions avec les tailleurs de pierre afin de repérer le marbre parfait. Il sait aussi que cette recherche exaltante l'apaisera.

La dernière fois qu'il est venu à Carrare, il a trouvé le bloc de sa pietà de Rome. Entre des dizaines, il a su d'instinct que celui-là était le bon. Il l'a acheté une fortune. Les carriers sont âpres en affaires, mais il ne le regrette pas. Cette sculpture a établi sa renommée. S'il est là aujourd'hui, c'est grâce à elle. Et le Pape n'a pas été avare, il a en poche mille ducats pour acheter les marbres nécessaires à son tombeau.

Dans son carnet, il a déjà dessiné plusieurs esquisses. Jules II l'a exhorté à laisser son génie s'exprimer. En y repensant, Michelangelo sourit. Le mot « génie » est à la fois bref, louangeur et inutile, mais dans la bouche d'un homme si puissant, il est le signe d'une confiance absolue, devant laquelle on ne peut que s'incliner. Le sculpteur s'est agenouillé, a baisé la bague du souverain pontife en le remerciant, en lui disant qu'il tâcherait d'être à la hauteur de leurs espérances mutuelles.

Michelangelo ne doute pas de son imagination, tant elle foisonne à chaque instant. Mais le marbre ? Trouvera-t-il les blocs adéquats ?

Il est impatient de s'attaquer à la montagne. Dans ces moments d'euphorie, son esprit chasse tout ce qui est étranger à son œuvre, même le corps sans vie d'Andrea.

Il s'installe confortablement sur une chaise près de la fenêtre. Le bruit du ressac envahit à nouveau l'espace. Il boit une gorgée de vin et prend le petit livre que lui a offert Lorenzo. Il laisse les pages s'ouvrir à leur guise. Soudain, sous ses yeux, une phrase flotte au-dessus des autres :

« La mort fait l'éloge de la vie comme la nuit celle du jour ».

C'est exactement ce qu'il ressent. Depuis toujours ou presque. Et si la mort d'Andrea l'a précipité vers les montagnes, c'est pour tenter d'extraire la lumière de l'abîme.

Michelangelo caresse les mots de sa bouche. Il les prononce sans émettre aucun son. Il en dessine les contours avec ses lèvres, qui sourient toujours, puis boit une nouvelle gorgée de ce vin rouge des coteaux de la région, corsé et rustre.

Demain, je serai à pied d'œuvre.

Il fait froid dans la petite chambre, il se lève et marche pour se réchauffer. La fatigue du voyage s'abat brusquement sur lui. Avant de se coucher, il déchire un petit bout de papier de son carnet et marque la page du livre.

Le sculpteur ne prend pas la peine de se déshabiller. Il se glisse directement sous l'amas de couvertures. Ne dépassent que son front et ses yeux clos.

Sans qu'il ait le temps de s'en apercevoir, la magie du rêve l'emmène des années en arrière, lors d'un dîner chez Lorenzo. Quand tous se retrouvaient à sa table le soir.

L'hôte est là, bien entendu, mais aussi ses fils, des peintres, des musiciens et des penseurs. Tous ceux que Lorenzo juge comme étant l'élite culturelle de Florence. Michelangelo a tout juste dix-sept ans. Le plus souvent, il se tait et s'abreuve du savoir des autres.

Pico della Mirandola est beau, élégant, parle une vingtaine de langues. Ce soir-là, il s'exprime dans un idiome que personne ne comprend, mais cela ne l'empêche pas de disserter tout son soûl. Lorenzo lui répond dans une langue tout aussi incompréhensible. Et, ainsi, les échanges fusent entre les convives sans qu'aucun ne soit intelligible.

Michelangelo n'y voit rien d'anormal et continue de goûter les mets qui se succèdent. Des terrines de gibier sculptées, de somptueuses volailles, des pyramides de légumes décorées de fleurs, que les domestiques présentent avant de les servir. Et, soudain, Andrea est debout, devant eux. Dans son plat à lui, une belle cuisse d'homme rôtie. Il s'incline et annonce :

« Giuseppe, vingt-cinq ans. »

La tablée ne s'étonne pas. Aucune exclamation de surprise. Les discussions en langues inconnues se poursuivent.

Michelangelo se réveille en sursaut.

L'arrivée

Après son étrange rêve, le sculpteur ne se rendort qu'à l'aube. Toute la nuit, il écoute les vagues, incapable de se détendre et de s'abandonner à la fatigue qui pourtant l'étreint. Au petit matin, alors qu'enfin il sombre dans un demi-sommeil, le chant du coq le tire de sa léthargie. Il se laisse bercer par la rencontre insolite du volatile et de la mer. Il l'imagine glisser, puis plonger dans l'écume.

Peu après, il se lève. Une longue route l'attend encore et il voudrait arriver avant la nuit à Carrare. L'aubergiste lui a promis un bon cheval.

Michelangelo range le livre de Pétrarque dans sa besace, puis le ressort aussitôt pour y déposer un baiser et lire la phrase. Il ne l'oublie pas et, en descendant l'escalier qui mène à la grande salle de l'auberge, il la répète encore. La vie, la mort, le jour, la nuit. Il ajouterait le grain de la peau en marbre et l'ombre au creux des membres pliés. La pierre lisse et la lumière qui s'y réverbère.

Demain, je verrai les carrières.

L'aubergiste interrompt ses pensées :

« Maître, votre nuit a-t-elle été bonne ? »

Comment cet homme au visage violacé a-t-il su qui il était ? Les commérages l'étonnent toujours. Lui s'intéresse peu aux autres et ne pose jamais de questions, par manque de curiosité, mais aussi à cause d'une peur sourde de quelque révélation qui pourrait l'atteindre, voire le troubler. Il regarde nonchalamment l'aubergiste :

« Votre établissement est parfait. Je m'y arrêterai à mon retour.

– Vous allez à Carrare, n'est-ce pas ? »

Le sculpteur esquive et répond à la question mielleuse de l'aubergiste par un ton sec :

« Préparez mon cheval, s'il vous plaît ! »

Michelangelo part. Sa chevauchée sur les chemins sinueux commence. Les paysages s'engouffrent dans son esprit, laissant des empreintes fugaces. Il retient certaines d'entre elles, en oublie d'autres. Elles sont le terreau d'impressions et de couleurs qu'il utilisera plus tard. Il ne peut deviner lesquelles mourront ou ressusciteront dans sa création. Quoi qu'il en soit, le sculpteur garde les yeux ouverts, asséchés par le vent et les collines, par la traversée de petits villages de briques et de marbre, érigés à l'ombre des châtaigniers.

Au passage de la rivière, il sait qu'il n'est plus très loin. Son cheval est robuste comme le lui avait promis l'aubergiste. Ils ne se sont pas arrêtés. Quand Michelangelo et sa monture passent la porte de la ville, l'angélus sonne.

Il se dirige directement vers la grande place où il a déjà logé. Il aimerait avoir la même chambre. Il frappe à la porte, Maria lui ouvre :

« Maître, vous êtes déjà là ? On vous attendait dans une dizaine de jours !

– Je sais Maria, mais des événements à Rome m'ont poussé à venir ici plus tôt.

– Quels événements ? »

La curiosité des autres est décidément maladive. Maria voit le visage du sculpteur se fermer.

Elle poursuit :

« Pardonnez mon indiscrétion. Je vais préparer votre chambre. »

Il retourne dans la rue pour attendre et voit un homme qui entoure de ses bras l'encolure de son cheval. Il le reconnaît aussitôt, c'est Cavallino.

Cavallino a grandi à Carrare et a la particularité de se prendre pour un cheval. Il est aussi persuadé que ses congénères sont issus de diverses espèces animales.

« Cavallino ! Comment vas-tu ? lui demande Michelangelo.

– Ton cheval est beau, mais tu l'as trop fait courir. Regarde comme il transpire et comme il est essoufflé ! Tu devrais être plus doux avec lui !

– C'est vrai, nous étions pressés d'arriver.

– Pour le réconforter, je lui parle des belles prairies de la montagne où l'herbe est tendre, et de ma jument blanche que je vais voir chaque jour. C'est la plus belle. Elle me regarde encore avec indifférence, mais je ne désespère pas. Je lui chante à l'oreille les poèmes d'amour que ma mère m'a appris.

– Et ta mère, comment va-t-elle ?

– Oh, tu sais ! C'est une vieille jument toute cassée. Elle ne galope plus, ses articulations lui font mal. Et toi ? Tu as l'air plutôt en forme. Quel âge as-tu maintenant ?

– Trente ans et je ne vais pas trop mal, en effet.

– Tu as de la chance, parce qu'en général les chiens de ton espèce ne s'améliorent pas en vieillissant. Laisse-moi, s'il te plaît, conduire ton cheval à l'écurie !

– Vas-y ! Je suis très heureux de te retrouver, Cavallino... »

L'homme et le cheval s'éloignent.

Michelangelo sourit. La poésie de Carrare est là. Il va pouvoir s'installer dans sa chambre, poser ses affaires pour plusieurs mois et oublier Rome. Mais avant cela, il doit écrire à Guido. Commencer son séjour en lui posant une simple question.

Carrare, le 2 avril 1505

Frère Guido,

Comment allez-vous ? Et les autres moines ?

La mort de frère Andrea ne vous a-t-elle pas plongés dans une trop grande tristesse ?

Mon voyage à Carrare a duré presque six jours et je n'ai pratiquement pas cessé de penser à vous tous. À peine installé dans la pièce qui me sert de chambre, je m'attable pour vous écrire.

D'abord pour m'excuser d'être parti sans un mot, comme un voleur. J'ai rangé ma lame, regardé une dernière fois le corps de frère Andrea enveloppé par la lumière si particulière de la morgue, et je m'en suis allé sans pouvoir faire autrement. Votre silence inhabituel lors de votre arrivée m'a peut-être poussé à ne pas vous chercher, à vous laisser en paix.

Une fois chez moi, j'ai donné quelques instructions à mon assistant et j'ai rejoint le port avec la petite bible dans mon sac. Elle est toujours fermée, je ne l'ai touchée que du bout des doigts.

Mais, je voudrais en venir à la vraie raison de mon courrier : pourquoi ? Que s'est-il passé ? Que lui est-il arrivé ?

Votre toujours dévoué,
Michelangelo Buonarroti

Topolino

Michelangelo ne cachette pas la lettre, elle est trop personnelle. Et puis, il s'épanche sur ses propres sentiments, alors qu'il veut seulement des nouvelles du couvent, et surtout savoir comment Andrea est mort. Il la plie et la range dans son carnet de croquis. Au prochain départ du courrier pour Rome, il se décidera.

Le lendemain de son arrivée, il va trouver Topolino, qui doit son surnom de « petite souris » à son agilité à se faufiler dans les interstices de la carrière lorsque les blocs sont à peine tombés et qu'il faut vérifier qu'aucun autre, dans une chute inattendue, ne viendra blesser les hommes qui y travaillent. Topolino est un homme respecté de tous et, même si Cavallino a mis du temps à accepter de l'appeler ainsi, persuadé qu'il était d'une espèce fort rare de rossignol, plus personne n'utilise son vrai prénom : Domenico. Il a été d'une aide précieuse lorsque Michelangelo cherchait le bloc de la pietà. Ils se sont liés d'amitié et le sculpteur a pu se frayer un chemin dans le cercle très fermé des carriers.

Ils se croisent sur le sentier de la carrière et se serrent chaleureusement la main. Topolino n'a pas changé. Il est petit, tout en muscles, nerveux, et parle en riant. Ses yeux clairs sont toujours aussi vifs. Il se balance d'une jambe sur l'autre.

« Maître, tu es là ?

– Eh oui, je suis là. Et ne m'appelle pas "maître", tu sais bien que je ne vaux pas plus que toi ! »

Topolino sourit.

« Qu'est-ce qui t'amène cette fois-ci ?

– Le Pape, figure-toi !

– Le Pape, le vrai ? Tu veux dire Jules II ?

– Il n'y en a qu'un seul, non ? Et il veut que je réalise son tombeau ! »

Topolino s'esclaffe :

« À peine élu et déjà enterré ! »

Puis, reprenant son sérieux :

« Mais tu es un homme important maintenant. Pourquoi viens-tu me voir ici, moi, pauvre tailleur de pierre ? Pourquoi ne pas envoyer tes assistants, qui doivent être nombreux ?

– Allez, ne te moque pas ! Je ne suis pas plus important qu'avant, mais toujours aussi exigeant. Crois-tu vraiment que je vais laisser de petits freluquets choisir à ma place des marbres destinés au Pape ? Pour qu'ils soient criblés de veines et qu'ils éclatent au premier coup de ciseau ? Vous auriez tôt fait de les embobiner en leur vendant à prix d'or les plus mauvais ! »

Topolino tape sur l'épaule de Michelangelo :

« Tu es toujours aussi revêche ! »

Malgré sa joie affichée, il a tout de suite vu qu'une lueur triste brillait dans le regard du sculpteur. Il aimerait savoir, mais ces choses-là ne se demandent pas.

« Viens à la maison pour me dire exactement ce dont tu as besoin, et je verrai ce que l'on peut te proposer. »

À la carrière, il salue d'autres connaissances. Elles l'accueillent avec ce mélange de chaleur et de réserve qui leur est propre. Les carriers, travailleurs du marbre, sont toujours sur le qui-vive. Ils connaissent bien la montagne, mais ils savent aussi que, sans crier gare, elle peut leur jouer de mauvais tours et décider de se fendre sans tenir compte de leurs prévisions. Beaucoup d'entre eux sont morts parce que, comme ils le disent, la montagne ne se trompe jamais.

La famille de Topolino loge au rez-de-chaussée d'une des maisons du village. Le sculpteur s'y rend le soir-même. Ils occupent deux pièces. La première est vaste et sombre avec une cheminée où est suspendue une grande marmite. Au parfum qui s'en dégage, Michelangelo reconnaît la soupe de lard si typique de la région. Non loin du foyer, il y a une table encadrée de deux bancs, où tous se retrouvent. Topolino et sa femme, Chiara, ont quatre enfants, quatre autres sont morts en bas âge. Chiara est robuste, ses hanches sont larges, ses pommettes toujours rosées. Malgré les épreuves traversées, elle est la gaieté même.

Elle accueille Michelangelo avec un grand sourire. Ils ont peu de visites, mis à part les voisins ou les familles des autres carriers. Ses parents à elle vivent dans un village éloigné, elle les voit peu. Ses enfantements successifs l'ont obligée à rester à la maison et, pour cette femme curieuse, la visite de Michelangelo est un événement. Il apporte des nouvelles du monde au-delà des montagnes. Quand Topolino lui a dit qu'il avait été reçu par le Pape, elle a répondu en se signant : « Mais alors, c'est presque un saint ! »

Chiara a prévenu les enfants de ne pas faire trop de bruit et de bien se tenir lorsqu'il serait là. C'est dans un silence religieux que Michelangelo entre chez eux. Les enfants se tiennent raides, les uns à côté des autres, et le regardent avec de grands yeux ronds.

Michelangelo, étonné de cet accueil, leur dit : « Eh bien quoi, je ne suis pas le diable ! » Le plus petit, le visage crasseux, se hasarde à lui répondre d'une voix tremblante : « On nous a dit que tu étais un saint. Elle est où ton auréole ? Tu l'as cachée dans ta poche ? »

Michelangelo éclate d'un grand rire qui, en se propageant des uns aux autres, brise le cérémonial de son arrivée. Les enfants retournent à leurs jeux dans la seconde pièce où, la nuit, ils se serrent tous dans le grand lit pour dormir.

Un verre à la main, Topolino et Michelangelo s'attablent. Leurs visages, éclairés par une petite lampe à huile, tremblent au gré de la flamme. Michelangelo sort son carnet de croquis.

« Je voulais te montrer mes premières esquisses. Le projet est grandiose. Il y a une cinquantaine de blocs de tailles différentes à sélectionner. Je compte sur toi.

– Combien t'a donné le Pape ?

– Cinq cents ducats.

– C'est maigre ! »

Michelangelo ment. Le souverain pontife lui a donné une avance du double, mais il sait que les carriers lui feront payer le prix fort maintenant que son commanditaire est le Pape. Et puis, il y aura aussi les taxes que prend Alberico Malaspina, le marquis de Carrare, pour que les marbres quittent ses terres, et le transport en bateau. Michelangelo est prudent.

Après avoir étudié ensemble les croquis, ils mangent la bonne soupe de Chiara. À la fin du repas, elle lui demande de leur parler de cette sculpture qui l'a rendu célèbre.

« Une pietà, n'est-ce pas ?

– Oui, une pietà. Depuis, j'ai fait d'autres sculptures : un David géant dans un marbre qui pourrissait depuis des siècles à Florence, une autre pietà partie à Bruges. Mais, dans celle dont tu parles, j'ai voulu démontrer que le marbre si sublime de vos montagnes pouvait devenir peau et drapé. »

Michelangelo s'arrête un instant. Il y a tant de choses à expliquer. Trop. La virtuosité et la vie qu'il tente d'insuffler à la pierre n'intéressent que lui. Alors qu'il réfléchit, il voit les yeux avides de toute cette famille rivés sur lui. Il reprend :

« Je n'ai jamais signé une œuvre auparavant, mais je me suis décidé à le faire pour celle-ci parce qu'un sculpteur milanais cherchait à se l'attribuer. Une nuit, je me suis laissé enfermer dans Saint-Pierre. Dans l'obscurité de la chapelle où se trouve la sculpture, j'ai gravé mon nom sur le bandeau qui traverse la robe de la Vierge. Entre deux coups de marteau, j'entends une petite voix qui m'appelle. Je me retourne, je ne vois rien. La bougie, accrochée à mon petit chapeau de papier, éclaire peu. La voix brise à nouveau le silence monumental qui m'entoure : "Je suis sur votre droite, maître, juste derrière la grille. Je suis une des sœurs du couvent et je n'ai pas le droit de vous montrer mon visage. J'ai une immense faveur à vous demander." Elle hésite et continue : “Donnez-moi un peu du Christ, un peu de sa poussière de marbre !” Sous son murmure, il y a un désir ardent. Je déchire un bout de mon chapeau, le plie, et glisse à l’intérieur de la poudre de marbre qui recouvre la cuisse du Christ. Je le lui tends. Elle passe ses mains à travers la grille qui nous sépare. Elles sont blanches, délicates. Elles tremblent d’émotion. La sœur poursuit avec ferveur : “Merci, maître, grâce à vous, je porte sur moi un peu de Lui.” Je ne sais quoi répondre. En quelques mots, elle a donné vie à cette pierre, à cette sculpture sur laquelle je me suis acharné pendant deux ans et que je m’apprête à laisser aux autres. Puis elle disparaît dans l’obscurité et le silence de Saint-Pierre pour revenir plus tard dans la nuit avec une omelette fumante. À travers la grille, elle me dit : “Vous avez nourri mon âme, permettez-moi de rassasier votre corps.” »

La carrière

On aperçoit d'abord quelques traces blanches sur la montagne, comme si la neige, malgré le printemps, avait oublié de fondre. Partout ailleurs, la pente est verte et feuillue. Plus on avance sur le chemin sinueux et plus le blanc se propage. On passe d'anciennes carrières abandonnées où les racines des arbres, malgré l'aridité de la pierre, reprennent leurs droits. En avançant encore, les taches blanches que l'on croyait superficielles se creusent, s'étendent pour finalement recouvrir un versant entier de la montagne. Et, soudain, la carrière est là, aussi grande que la place du village. Il y a des bœufs, des rondins de bois, des cordes, des hommes, toute une vie entourée d'énormes parois irrégulières de marbre qui s'étirent vers les nuages.

La première fois que Michelangelo est venu là, il lui a semblé entrer dans une cathédrale à ciel ouvert. Il s'était dit que même Brunelleschi n'aurait pas fait mieux et que personne n'atteindrait jamais cette adéquation parfaite entre l'évanescence du ciel et l'inertie de la pierre.

Aujourd'hui, les bœufs sont attelés pour descendre deux blocs que Michelangelo a sélectionnés les jours précédents. Il les a payés cher, mais il est content. Ils ont été extraits d'une partie de la montagne où le marbre est immaculé. Pour descendre un seul de ces blocs sur le chemin tortueux, il faut une vingtaine de bœufs. Les animaux et la pierre sont guidés grâce aux nombreuses cordes maintenues par les hommes les plus forts, qui connaissent chaque virage, chaque ravin.

Près des bêtes, il y a un petit groupe. En s'approchant, Michelangelo reconnaît, parmi eux, Topolino et Cavallino.

Ce dernier agite ses bras dans tous les sens :

« Vous n'avez pas honte de maltraiter les bœufs ainsi ? C'est toujours la même chose !

– Cavallino, laisse-nous travailler.

– Ce n'est pas du travail, c'est de la torture ! Tu vois, celui avec la corne un peu retournée, il me l'a dit. Ils n'en peuvent plus ! »

Cavallino est maintenant rouge de colère.

« Tu crois que je n'ai pas su ce qui s'est passé la dernière fois ? Le convoi entier est tombé dans le ravin. Dix-huit bœufs sont morts, Topolino ! Et vous recommencez !

– Deux hommes aussi, ne l'oublie pas.

– Les hommes ne m'intéressent pas, et puis il n'y en avait que deux. »

Cavallino désigne les bêtes :

« Regardez-les ! Écoutez-les, bon sang ! Vous faites toujours semblant de ne pas les comprendre !

– Cavallino, rentre chez toi, s'il te plaît.

– Jamais, tu entends ! Je m'allongerai en travers de la route et vous n'aurez qu'à passer sur mon corps ! »

Deux hommes l'empoignent et le traînent jusqu'au sentier qui mène au village. La colère de Cavallino disparaît pour laisser place à une immense tristesse. En quittant ceux qui l'ont porté jusque-là, il éclate en sanglots :

« Vous êtes des loups et pourtant vous êtes mes frères... »

Michelangelo a assisté à toute la scène sans y prendre part. Il est rare que Cavallino monte à la carrière, en général il reste au village. Mais la présence du sculpteur, le choix des blocs et les discussions qui en résultent rendent le jeune homme plus nerveux qu'à l'habitude.

Michelangelo est venu vérifier le travail des *riquadratori*, ceux qui, une fois le bloc découpé de la montagne, le taillent afin de lui donner une forme transportable, souvent cubique. Il observe leurs coups de ciseaux et comment les éclats de marbre se détachent, à chaque impulsion, de la masse. Le sculpteur imagine ainsi de quelle chair est fait le cœur de chacun des blocs. Ceux qui sont prêts à partir sont magnifiques. Dans l'un d'eux, il a déjà choisi de sculpter un Moïse qui prendra place au niveau supérieur du tombeau. Michelangelo a les doigts qui frémissent d'impatience, même s'il sait qu'il faudra attendre de longs mois avant que les marbres n'arrivent à destination, c'est-à-dire à Rome. Place Saint-Pierre.

Après l'incident avec Cavallino, la journée se passe sans heurts. À midi, ils posent les outils et mangent tous ensemble du pain, des oignons trempés dans de l'huile d'olive avec, pour les plus chanceux, un peu de lard séché. Michelangelo aime être parmi eux et, même s'il sait qu'il ne sera jamais accepté comme l'un des leurs, il sent bien que sa présence est tolérée grâce à sa connaissance profonde du marbre. Les carriers ont tout de suite compris qu'il ne s'agissait pas d'un simple savoir, mais d'une véritable dévotion. Eux-mêmes n'ont pas abandonné leurs croyances païennes qui donnent vie à la montagne, lient la pierre à la lune et les poussent à respecter tout ce qui recouvre l'or blanc : les arbres et la terre.

Le sculpteur se plaît à passer du Pape à ces gens simples. Il a toujours détesté les corporations si fermées des peintres, des sculpteurs ou des architectes. Ces confréries d'artisans lui déplaisent, il aimerait être tout à la fois. Poète aussi. Car il considère l'art comme un ensemble harmonieux où les proportions d'une coupole se rapprocheraient de celles d'un crâne, où le bleu du lapis-lazuli écrasé s'unirait aux vers de Pétrarque.

À la tombée de la nuit, ils rentrent au village. Le glas sonne. La femme de Giovanni, un tailleur de pierre, est morte en couches. Il était resté près d'elle dans l'attente de l'heureux événement. Un sixième enfant allait leur naître. Tous les autres accouchements s'étaient bien déroulés. Mais là, sans que la sage-femme puisse l'expliquer, l'enfant ne voulait pas sortir. La mère est morte d'épuisement et celui qu'elle portait aussi.

Giovanni est maintenant seul avec ses cinq enfants. L'aînée est une fille en âge de s'occuper de la maison et de ses frères. Le plus petit, Michele, a six ans.

Michele

Quelques jours plus tard ont lieu les funérailles de Susanna et de son ventre plein. Au premier rang de l'église, il y a Giovanni et ses enfants, par ordre de taille. Derrière eux, tous les carriers sont là, solidaires. Leurs femmes en pleurs. Pas une n'oublie qu'elle pourrait être Susanna et que ce bonheur répété de porter la vie peut leur être fatal. Les hommes ne pleurent pas. Ils ont les yeux baissés vers leurs mains jointes.

Pour beaucoup d'entre eux, pénétrer dans une église pour célébrer la mort les ramène un siècle et demi en arrière, lors de la Grande Peste de 1350. Tous en ont entendu parler. La région entière a été décimée. Ils ne savent pas exactement combien, mais chaque famille a enterré la moitié des siens dans la précipitation, à la va-vite.

Les survivants ont raconté, et leurs enfants ont transmis à leur tour, les corps tremblants de fièvre, la respiration altérée, les crachats sanglants, la couleur violacée des cadavres. Ils ont dit les hordes d'hommes qui se flagellaient dans la rue, expiant ainsi leurs péchés tant ils étaient persuadés que cette épidémie était les prémices de l'apocalypse. Des villages entiers sentant le chou et le coing, car seules les maisons qui brûlaient leurs pelures devaient être épargnées.

Les enfants des enfants n'ont pas vu, mais ils ont entendu aussi, et les images se sont gravées dans leurs esprits, aidées par les fresques des danses macabres apparues sur les murs des églises.

Pour toutes ces raisons, en ce jour de deuil, les hommes regardent si humblement leurs mains. Ils se savent à la merci de celle qui fauche. Pour lui échapper, ils ne font aucun geste brusque et affichent leur modestie. Lorsqu'ils entrent dans l'église, les habitants de Carrare sont silencieux et discrets. Infiniment.

Debout, tout au fond de l'édifice, Michelangelo est en retrait, près de la porte. Il écoute et prie, mais regarde ce qui se déroule avec distance, comme un tableau. Ces funérailles pourraient pourtant lui rappeler celles de sa propre mère, quand il avait tout juste six ans. Mais, non. Michelangelo n'y pense pas. Il n'en a gardé aucun souvenir. Rien.

Son attention se pose plutôt sur la lumière vacillante des bougies, sur les corps engourdis à force de se lever et de s'asseoir au rythme imposé par le prêtre. Michelangelo s'évade au gré des notes du petit orgue en bois qui ponctuent les prières, au gré des chants qui, au-delà de la pierre, filent droit vers le ciel. Et sans qu'il s'en aperçoive, la messe prend fin.

Il veut laisser sortir le cortège et ceux qui l'accompagnent, pour rester quelques instants dans l'église vide et jouir du silence.

Les hommes et les femmes passent devant lui. Il en salue quelques-uns, quand soudain un jeune garçon court vers lui les bras tendus. Il reconnaît Michele, le petit dernier de Giovanni. Ils ne se sont jamais parlé. Michelangelo se retourne, se demandant si l'enfant ne se dirige pas vers quelqu'un d'autre. Mais non, c'est bien vers lui. Et maintenant le petit est là, qui pleure en s'accrochant à sa jambe.

Michelangelo, d'abord surpris, ne sait pas comment réagir, puis, brusquement pris de dégoût, il arrache le garçon à son étreinte et hurle :

« Va-t'en ! Je déteste les enfants ! »

Michele le regarde, interloqué. Il sèche d'un revers de main les larmes qui coulent sur ses joues et rejoint les autres sans un mot. Ceux qui ont entendu lâchent quelque commentaire méprisant envers le sculpteur. Mais le cortège continue d'avancer et, déjà, ce qui s'est produit semble n'avoir jamais existé.

Michelangelo ne reste pas dans l'église. Il retourne dans sa chambre et s'y enferme.

Carrare, le 20 avril 1505

Frère Guido,

Je ne vous ai pas envoyé ma première lettre, et celle-ci suivra certainement le même chemin. Je ne sais pas. Je ne sais plus.

Je sors en courant de l'église. Une messe y était dite pour les funérailles de Susanna, une femme morte en couches. Je ne la connaissais pas. J'y suis allé pour soutenir son mari, Giovanni, qui est carrier et que je côtoie souvent ici.

Comment vous dire, à vous, que je n'ai pas prêté grande attention à la messe ?

Nous avons eu de nombreuses discussions à ce sujet et je ne vous ai pas caché mes doutes quant aux rites de notre religion. Mais, quoi qu'il en soit, vous connaissez la sincérité de ma foi en Dieu et en son fils, le Christ.

J'étais parmi eux, en retrait près du portail, et je regardais leurs dos courbés pleins de ferveur. À la fin de l'office, au moment où le cortège est sorti, le petit dernier de Giovanni a couru vers moi et s'est accroché à ma jambe en pleurant.

Et là, frère Guido, je vous le confesse (à qui d'autre pourrais-je l'avouer ?), au lieu d'éprouver de la compassion pour cet enfant qui s'apprêtait à enterrer sa mère, j'ai ressenti de la haine. Une haine sauvage, qui m'a sauté à la gorge. Et, sans pouvoir faire autrement, j'ai repoussé l'enfant en lui disant de partir.

Pendant les deux semaines passées ici, j'étais parvenu à oublier la mort d'Andrea. J'arrivais même à croire qu'il n'avait jamais vécu. Oubliée, la lumière de la morgue sur son torse glabre. Pas même une esquisse de souvenir.

Et maintenant, cette réaction incontrôlée qui me fait m'enfermer dans cette chambre. Quatre murs et une porte qui me protègent des autres.

Michelangelo ne finit pas sa lettre. Il la brûle et regarde le papier se recroqueviller, puis les cendres tomber sur la table. Quand il ne reste d'elles qu'un petit tas gris, il recommence.

Carrare, le 20 avril 1505

Frère Guido,

Comment allez-vous ?

J'ai quitté Rome dans la précipitation et je m'excuse de ne pas vous avoir donné signe de vie depuis.

Je suis maintenant à Carrare et compte y rester encore plusieurs mois afin de choisir et d'organiser le transport des marbres pour le tombeau que m'a commandé notre vénéré Saint-Père.

Une question me taraude depuis mon départ : quelle est la cause de la mort de frère Andrea ? Auriez-vous la bonté d'y répondre ?

J'espère que mes interrogations ne réveillent pas en vous trop de tristesse.

Depuis mes montagnes toscanes, je me joins à vos prières et reste votre très dévoué,

Michelangelo Buonarroti

Le dessin

Michelangelo se promet d'envoyer la dernière lettre qu'il a écrite. Il faut briser le silence. Il ne peut pas rester trop longtemps sans se rappeler au souvenir de frère Guido. Et puis, il veut savoir. Mais, avant cela, il y a autre chose qu'il doit faire absolument : s'excuser auprès de Giovanni et de son fils. Il ira le matin suivant, à la première heure, avant que le carrier ne prenne le chemin de la montagne.

Pour être pardonné, il offrira quelque chose à Michele et, comme il n'a aucune idée de ce qu'aiment les enfants, ce sera ce qu'il fait de mieux : un dessin. Il prend une petite feuille et commence à tracer, à l'encre, les contours d'un chien. Un chien qui court. La feuille n'est pas assez grande pour que l'on sache ce qu'il poursuit. Mais l'animal est en plein effort : ses muscles sont tendus, dans sa gueule entrouverte on aperçoit sa petite langue pointer entre ses crocs.

Michelangelo le dessine rapidement. Le chien n'a l'air ni bienveillant ni joueur. Il ne possède aucun des traits de caractère qui pourraient plaire, voire attendrir l'enfant. Mais il ne s'en soucie pas. Il offre quelque chose et c'est déjà assez, car, même si la manière dont il s'est exprimé dans l'église était déplacée, la vérité est bien là : il n'aime pas les enfants. Ils sont pour lui insignifiants, morveux et criards. Il pense d'ailleurs qu'il vaut mieux ne pas s'attacher à eux puisque la plupart meurent avant cinq ans. Il fait donc comme s'ils n'existaient pas. Ce chien qu'il vient de dessiner pour Michele lui semble une véritable preuve, si ce n'est d'amitié, au moins d'intérêt. Un intérêt qu'il porte surtout à Giovanni, afin de garder ses bonnes dispositions.

Michelangelo signe le dessin, précédé d'une petite dédicace : « Pour Michele ». L'enfant ne le sait pas, mais son père doit se douter qu'il pourra le revendre à un bon prix.

Ce soir-là, le sculpteur se couche brisé de fatigue. Il s'engouffre dans un sommeil vierge de toute pensée, de tout visage, de tout rêve. Un sommeil qui répare son corps, mais qui étouffe aussi la violence des émotions qu'il a ressenties pendant la journée.

Comme toujours, il s'est couché tout habillé. Il ôte juste ses chausses et sa veste en peau de mouton. Depuis la Grande Peste, toutes sortes de conseils ont été promulgués pour rester en bonne santé et le père de Michelangelo a toujours eu des idées très arrêtées à ce sujet. Par exemple, il exhortait ses fils à se laver le moins possible. L'eau, selon lui, transportait les maladies et il fallait l'éviter. Il leur disait : « Buvez-la ! Mais seulement coupée avec du vin ! Et surtout qu'elle touche le moins possible votre corps. Elle pourrait, en pénétrant votre peau et vos orifices, vous apporter la mort ! »

Michelangelo suit scrupuleusement ses conseils et ne se lave presque jamais. Tout juste les mains et le visage quand la poussière de marbre mélangée à sa sueur forme une croûte déplaisante. Il considère que la crasse le protège des maladies. Et ils sont nombreux à penser ainsi. En fait, presque tous.

Le lendemain matin, le sculpteur se presse pour arriver tôt à la maison de Giovanni. Il frappe. C'est le carrier, le visage rongé par la tristesse, qui lui ouvre :

« Qu'est-ce qui t'amène si tôt ?

– Giovanni, je viens m'excuser auprès de toi et de toute ta famille pour mon comportement d'hier. »

Le carrier l'observe quelques instants en silence. Il ne l'invite pas à entrer et reste derrière le battant entrebâillé. Puis, d'une voix lasse, il répond :

« Très bien, j'accepte tes excuses. Nous nous verrons plus tard à la carrière. »

Au moment où il s'apprête à refermer la porte. Une autre voix surgit de l'intérieur de la maison. Une voix de femme qui s'approche. C'est la fille aînée de Giovanni. Elle se plante devant le sculpteur et, contrairement à son père, semble exaspérée.

« Pour qui vous prenez-vous ? Vous pensez que d'avoir vu le Pape vous permet de nous traiter avec un tel dédain ? Comme de la vermine ! »

Giovanni la tire vers l'intérieur de la maison.

« Antonella, rentre et tais-toi ! »

Elle lui répond sur le même ton :

« Laisse-moi ! Maintenant que maman n'est plus là, j'ai le droit à la parole et je vais l'utiliser ! »

Elle se tourne de nouveau vers Michelangelo :

« Dégagez de notre vue et n'approchez plus cette maison ! »

Le sculpteur ne lui répond pas et reste calme. Il a remarqué qu'une petite tête était apparue à côté de la jupe de la jeune fille. Sans doute alerté par la voix tonitruante de sa sœur, Michele est venu et Michelangelo s'adresse à lui :

« Michele, pour me faire pardonner, je t'ai dessiné un petit chien. »

Il aimerait ajouter quelque chose, mais il est embarrassé.

L'enfant attrape le dessin avant que sa sœur n'ait le temps de l'en empêcher et il disparaît dans l'obscurité de la maison.

Le sculpteur prend congé le plus poliment possible, en souhaitant à tous une excellente journée. Quand il s'éloigne, les insultes d'Antonella lui criblent le dos.

Pietra serena

Michelangelo prend le chemin de la carrière alors que les injures d'Antonella s'envolent vers les nuages chargés de pluie. Le sol est boueux. Des arbres s'élève un parfum d'humus et de mousse. Malgré la fine bruine, le sculpteur s'assoit sur l'un des blocs de marbre laissés à l'abandon au bord la route. Son regard glisse sur les flaques d'eau qui se sont formées pendant la nuit dans cette terre malmenée par les trop nombreux passages des hommes et des bêtes. Aujourd'hui, les bœufs ne descendront pas, ils attendront un ciel plus clément.

Michelangelo pense au sentier qu'il prenait, enfant, quand il était chez sa nourrice, pour aller dans les carrières de pietra serena. Cette pierre, extraite des montagnes près de Florence, ne servait pas à la statuaire, mais uniquement aux édifices. Malgré cette différence entre Carrare et là-bas, les hommes qui y travaillaient étaient les mêmes. Les mêmes corps fourbus, la même solidarité face à une montagne imprévisible. Et, surtout, les mêmes bruits : les coups de masse sur les ciseaux, aussitôt relayés par le cri de l'acier qui perce la pierre. Tout cela répété à l'infini par l'écho de la montagne.

C'est dans ce chaos sonore que Michelangelo a été élevé. Une douce musique pour lui, presque une berceuse. Le mari de sa nourrice était tailleur de pierre. Ils allaient le retrouver dans la carrière. Il se souvient d'avoir tout appris au contact de ces hommes, même à danser au rythme de leurs ciseaux. Il allait voir les uns et les autres. Chacun lui montrait, lui expliquait ce qu'il faisait. Michelangelo jouait avec les bœufs et les ânes qui se trouvaient là, ainsi qu'avec les autres enfants qui le rejoignaient parfois.

De ces années-là, il garde en mémoire une joie vive et une lumière chaude. Aussi chaude que les seins de sa nourrice, sur lesquels il rebondissait, s'apaisait.

À force de côtoyer leurs rires et la montagne, la fièvre de la pierre était entrée en lui et ne l'avait plus quitté. Elle était entrée comme un torrent. Ce qui l'intéressait, c'était de toucher les outils, les voler pour les utiliser à sa guise, mentir le plus dignement possible en disant que non, ce n'était pas lui. Prendre des bouts de pierre tombés ou délaissés par les tailleurs, jouer avec, les cogner les uns contre les autres, écouter la musique qui en résultait, l'imprimer dans son cœur afin de ne jamais l'oublier et, surtout, se dire qu'en apprenant à maîtriser la pierre, il apprendrait à maîtriser le monde, plus exactement à le sculpter au gré de son imagination, et Dieu sait s'il en avait.

Les tailleurs de pierre riaient de voir cet enfant de la ville, si prompt à les suivre dans la poussière, s'y frotter avec autant de plaisir. Voyant que les adultes ne lui prêtaient pas volontiers leurs ciseaux, il commença à dessiner tout ce qu'il voyait. Et les tailleurs cessèrent de rire tant le talent de l'enfant dépassait l'entendement. Certains prétendirent même que le diable y était pour quelque chose. Mais Michelangelo ne les écoutait déjà plus. Un chemin lumineux et sanguin s'était ouvert en lui et il s'était promis de le suivre toute sa vie.

Sa nourrice portait en elle assez d'amour pour lui faire croire qu'il n'avait rien à craindre et que, si cette voie-là était la sienne, il ne fallait pas la laisser s'échapper. Pour cela, il devait accomplir une chose : oublier les autres et plonger en lui-même. Elle avait employé ces termes. Et quand, la tête la première, il plongea dans son magma intérieur, il s'aperçut que sa chair était faite de pierre vive. De pietra viva.

Parfois, les dimanches ou les jours saints, les parents de Michelangelo venaient de la ville voisine, Florence, pour le voir. Il était alors heureux et intimidé de les retrouver. Mais, de tout cela, il ne garde qu'un souvenir très flou. De sa mère, juste une silhouette trouble. De son visage et de sa voix, il ne sait plus rien. L'oubli.

Assis sur la pierre le long du sentier, Michelangelo tente de suivre les méandres de sa mémoire. Il y a des années qu'il n'a pas emprunté ce chemin caché, mais aujourd'hui il se laisse aller.

Pourquoi maintenant ?

À cause de cette route qui se déroule à ses pieds et qui l'a mené de la pietra serena à la pietra viva, d'aujourd'hui à la mort de sa mère ? À ce jour si lointain que Michelangelo l'a perdu de vue.

A-t-il jamais existé ?

Il prend un caillou et le jette le plus loin possible.

S'il veut être franc, il y a bien deux moments qu'il se rappelle parfaitement.

Le premier : sa nourrice qui le serre violemment contre elle et, dans l'angoisse que ressent tout à coup l'enfant, quelques mots à peine prononcés qui viennent déchirer la tendresse dans laquelle il vivait jusque-là.

« Elle est morte. »

Ce « elle » ne peut être que sa mère, il le sait avant que sa nourrice ne le lui explique. Il ne pleure pas. Il vomit. Pour que sorte aussitôt la vérité qui vient de pénétrer en lui.

Le second : son entrée dans la chambre mortuaire où sa mère repose. À cet instant précis, Michelangelo se jure de ne plus se souvenir de rien, que cette douleur n'existe pas et qu'il ne connaît pas cette dame qu'on le force à aller voir. Il efface alors de sa mémoire chaque image d'elle. Toute trace disparaît, absorbée par sa pensée obstinée, broyée par sa volonté.

C'est ainsi qu'à six ans, il devient orphelin de mère et de mémoire.

L'esclave

Michelangelo est toujours assis au bord du chemin, et son esprit le mène au lendemain des funérailles de sa mère, quand il trouve une boîte dans la maison familiale. Elle deviendra sa « boîte à souvenirs ».

Quand il l'ouvre la première fois, elle est vide. L'enfant se dit que c'est parfait, qu'il pourra la remplir à sa guise. Il va dans le jardin et confectionne un petit bouquet de plantes : quelques trèfles – ce matin-là, il n'a pas la chance d'en cueillir à quatre feuilles – auxquels il ajoute des brins d'herbe. Il les dispose au fond de la boîte et, sur ce lit vert, il dépose une pierre blanche qu'il choisit avec soin.

Il regarde le tout, respire profondément et, lorsqu'il se sent prêt, ferme la boîte avec une petite clé en cuivre, l'enterre sous le grand arbre du jardin et jette la clé dans le puits.

La boîte à souvenirs emporte avec elle les traits de sa mère.

Le sculpteur, perdu dans ses pensées, ne s'aperçoit ni de la pluie, qui maintenant tombe en trombe, ni de la présence de Cavallino à ses côtés.

« Que fais-tu sous la pluie ? J'ai rarement vu des chiens aimer se faire arroser.

– Cavallino, je ne t'ai pas entendu arriver !

– Eh oui, mes sabots sont de plus en plus silencieux. Veux-tu que je te dise pourquoi ?

– Bien volontiers.

– Il y a peu de temps, j'ai compris que tout ce qui ne touchait pas la terre était déjà dans le ciel et, depuis, mes sabots ont acquis la légèreté des plumes. Pose ta main dans l'herbe. »

La paume de Michelangelo vient caresser l'herbe mouillée.

« Tu vois, le dessous de ta main touche le sol, mais le dessus est dans les airs. Maintenant que je sais cela, je regarde mes amis très différemment. Hier, je suis allé voir ma belle jument blanche dans le pré. Je lui ai dit que ses cils fouettaient les nuages, que bientôt ses oreilles frôleraient la lune. Et pour la première fois, j'ai vu de l'amour dans ses yeux. C'était comme si j'avais découvert un secret et qu'il fallait que je traverse cette épreuve pour qu'elle m'accorde enfin sa tendresse.

– Cavallino, même les chiens comme moi sont enveloppés par le ciel ?

– Bien entendu ! Je viens de te l'expliquer. Le ciel commence là où le sol s'arrête. »

Le silence se pose entre eux.

« Michelangelo, je vois bien que tu es triste aujourd'hui. Ton regard est tourné vers l'intérieur de toi-même. Je te révèle mon secret pour qu'il t'allège l'âme et parce que tu es l'un des rares à pouvoir le comprendre. Ne le répète pas aux autres, ils ne sont pas prêts à l'entendre. »

Sur ces mots, Cavallino se lève et reprend le chemin du village.

Michelangelo reste seul. La pluie est toujours battante. La clairvoyance de son ami le plonge un peu plus profondément dans sa pietra viva. Il se sent captif de cette pierre, de ses pensées et de ses sentiments obscurs. Il voudrait pouvoir s'en extraire pour retrouver l'insouciance, mais il est lesté.

Et, soudain, il imagine un homme prisonnier d'un bloc. Un personnage qui hésiterait entre sortir du marbre ou y rester et qui, troublé par la dualité de ses sentiments, aurait le visage inondé de souffrance et de plaisir.

L'image est maintenant tout à fait claire dans l'esprit du sculpteur. Il n'a plus qu'à la tracer dans son carnet de croquis.

À son tour, il se lève pour retourner au village et dessiner le plus vite possible ce qu'il voit si distinctement. Ces hommes, car il y en aura plusieurs, prendront place tout autour du tombeau du Pape. Ils seront le symbole de la lutte permanente avec le temps, la matière et la mort. Ils mettront ainsi en lumière l'éternité de l'esprit du Saint-Père.

Michelangelo dévale le chemin tant il est exalté. L'idée de ces sculptures lui plaît. Il ne doute pas un instant qu'elle soit excellente. Son esprit créateur a su miraculeusement extraire de son imagination plusieurs personnages. Il faudra trouver les blocs justes et les déshabiller afin qu'apparaissent, dans leur nudité première, les esclaves de la pietra viva.

Une réponse

Pendant les semaines suivantes, Michelangelo travaille sans relâche. L'énergie qui a tourbillonné en lui lorsqu'il a eu l'idée des prisonniers ne l'a pas quitté.

Avec l'aide de Topolino, il a sélectionné des marbres, les *riquadratori* les ont mis en forme pour qu'ils puissent être transportés. Les blocs sont prêts à prendre la route de la mer.

L'esprit de Michelangelo a survolé les heures sans qu'aucune ne l'atteigne. Avide de concrétiser les sculptures qu'il a imaginées, il n'a laissé ni la faim ni le sommeil ralentir son rythme. Il a passé ses nuits à scruter le noir, à attendre l'aurore.

Le matin, il est le premier dans la carrière à observer les montagnes qui se défont pour qu'il puisse leur insuffler ses formes à lui, leur redonner vie à sa manière.

Imaginer, sculpter, créer, afin que sa volonté se fasse sur la pierre.

Ainsi, les semaines ont volé jusqu'à ce qu'une lettre de frère Guido arrive et que le temps se fige à nouveau. Cette course arrêtée si subitement le laisse presque sans connaissance, comme assommé.

Rome, le 9 mai 1505

Maître Buonarroti,

Je vous remercie de vos nouvelles. Nous nous sommes d'abord inquiétés, puis nous avons appris que vous étiez à Carrare.

La vie du monastère suit son rythme régulier. Nous avons enterré frère Andrea l'après-midi de votre dernière visite. Mes frères et moi-même ne doutons pas que Dieu l'ait accueilli auprès de Lui.

Nous espérons vous revoir prochainement à Rome et sachez que nous prions chaque jour pour vous, afin que vos projets aboutissent et que votre âme s'apaise.

Nous vous souhaitons un excellent séjour à Carrare. Nous sommes certains que votre talent saura honorer la grandeur de l'esprit de notre Saint-Père.

Frère Guido, serviteur de Dieu.

Michelangelo lit la lettre, puis la relit plusieurs fois. La réponse de Guido ne lui apprend rien. Du moins, rien qui l'intéresse. Il se souvient d'avoir pourtant bien spécifié sa question : qu'est-il arrivé à frère Andrea ? Et, sur ce point, Guido, malgré le ton chaleureux de sa réponse, ne lâche aucune information.

Est-ce parce qu'ils ne savent pas ? Est-ce un oubli ? Ou bien quelque chose qu'il ne veut pas révéler ?

Quand Michelangelo décachette la lettre, il vient tout juste de rentrer de la carrière. Maria lui a apporté son dîner dans sa chambre. Le ragoût épais de haricots et de veau refroidit maintenant sur la table.

Il ouvre la fenêtre qui donne sur la place. Les enfants jouent sur le parvis de l'église, leurs cris montent jusqu'à lui. Parmi eux, il y a Michele, qui lui fait de grands signes. Michelangelo lui répond par un hochement de tête avant de laisser errer son regard au gré de l'horizon. Le crépuscule printanier prend des teintes incandescentes où se mêlent l'ocre, le rouge et quelques réminiscences de turquoise.

Pourquoi le temps se fige-t-il alors que mon élan de création faisait ployer la montagne ?

Il ressentait cela, il y a quelques instants à peine, et voilà que, soudain, la lecture d'une fragile lettre, quelques mots sur du papier, a immobilisé le temps.

Andrea, que t'est-il arrivé qu'ils ne veuillent me dire ? Et s'ils avaient vraiment quelque chose à cacher, pourquoi m'ont-ils appelé pour disséquer ton corps ?

La petite bible est sur la table, toujours inviolée. Il prend le livre de Pétrarque, qui s'ouvre là où il avait glissé le marque-page. Il se remémore la phrase :

« La mort fait l'éloge de la vie comme la nuit celle du jour. »

Il survole d'autres canzones afin d'effacer le goût amer qui ruisselle dans sa bouche. Au hasard des pages, son regard se pose sur un petit paragraphe où le poète évoque la suprématie de la beauté éternelle sur la beauté mortelle. Lui-même, que croit-il vraiment ? La beauté éternelle n'est-elle pas moins bouleversante que celle condamnée, mais bien vivante ?

Michelangelo voit parfaitement le visage d'Andrea. Ses mains le modèleraient sans peine avec de la glaise. Ses pouces, dans un geste symétrique, lisseraient le nez, les paupières, le menton, la mâchoire saillante. La bouche aussi, la lèvre supérieure fine et modeste surplombant l'inférieure bien plus ourlée et sensuelle. Andrea est à l'image de ce contraste, entre humilité et provocation.

À cet instant, il se moque de la beauté éternelle d'Andrea. Il veut sa peau parcourue de veines, palpitante, et Pétrarque ne l'apaise en rien. Le sculpteur, comme le poète, se trouve dans l'impasse du deuil. Avec pour Michelangelo, en plus, l'incertitude de ce qui s'est passé.

Serais-je vraiment plus serein si je savais ? La mort d'Andrea serait-elle alors plus acceptable ?

Il ne le croit pas, mais quelque chose dans ce mystère lui serre la gorge. Est-ce d'avoir vu son cadavre sans aucune blessure, sans rien qui puisse justifier son décès ? Aucune trace tangible. Juste une peau livide et une respiration qui s'est tue.

Tout en regardant les dernières lueurs du crépuscule, Michelangelo se souvient des dissections qu'il pratiquait une dizaine d'années auparavant à Florence, dans une petite salle de l'hôpital du couvent Santo Spirito.

Un jour, il s'était retrouvé face au cadavre d'une femme enceinte. Il avait d'abord hésité puis, lentement, il avait incisé le ventre saillant. D'abord la peau, les muscles, puis la poche dans laquelle se trouvait le petit être, froid et visqueux, relié au corps de sa mère par un cordon. Il n'était pas plus gros que deux poings joints.

Michelangelo s'était mis à trembler et n'avait pu le tenir longtemps entre ses mains tant il s'était senti soudain mêlé au mystère du passage de la vie à la mort, à cet instant qui avait ôté tout espoir d'existence terrestre à cet être si fragile, à peine ébauché. Il avait juste eu le temps de remarquer que tout y était déjà : les membres recouverts d'un fin duvet, les doigts et leurs ongles, les paupières et leurs cils. Tout, sauf le cœur battant.

Après cela, il n'avait plus jamais disséqué de femme enceinte. Cette unique fois lui avait suffi pour palper l'ineffable sans que, pour autant, rien ne lui soit révélé.

Aujourd'hui encore, il se trouve dans cette impasse sombre, celle qu'il cherche à éviter et qui le poursuit sans cesse.

Andrea, tu es la beauté mortelle à l'état pur. J'aimerais que ta peau devienne pierre. Le seul élément que je maîtrise.

La mer

Le lendemain, Michelangelo part vers la plage. Il doit négocier avec les navigateurs le transport maritime des blocs. La journée est splendide. La nature, caressée par un étincelant soleil, est en émoi.

Le sculpteur est heureux de s'éloigner quelques heures de Carrare. Il se sent porté par la joie contagieuse de la flore qui explose sous les rayons de mai et par l'espoir de ce nouveau printemps. Alors que le claquement rythmé des sabots de sa monture le berce, il sourit en pensant à Cavallino et se dit que, s'il ne foule pas encore le ciel, il y parviendra un jour.

Guido et sa lettre, Pétrarque et sa canzone, Andrea et son visage restent prisonniers de la brume de Carrare.

Après plusieurs heures de route, Michelangelo arrive sur la grande plage où les marbres, posés sur des rondins de bois, ont été traînés sur le sable. Les larges coques des bateaux sont entourées par les blocs qui attendent d'être hissés dans les cales par des bœufs essoufflés, harnachés de cordes qui soulèvent, grâce aux poulies, les énormes charges.

La mer passe presque inaperçue derrière cette activité débordante. Elle est lisse, les vagues abandonnent discrètement leur écume sur le sable.

Michelangelo s'approche d'un groupe d'hommes. L'un d'entre eux est le capitaine de la flotte qui régulièrement achemine les blocs vers tous les ports d'Italie. Le sculpteur a déjà eu affaire à lui. Ils entament une âpre discussion et, malgré leur ton affable, ils négocient les prix, les délais, l'attention portée aux marbres lors de la traversée et surtout de leur débarquement. Tout cela se monnaye. Michelangelo est vaincu d'avance, mais il marchande autant qu'il le peut les sommes exorbitantes imposées par le capitaine. Ils savent tous que les blocs, qui doivent être livrés à Rome, seront utilisés pour édifier le tombeau du Pape dans Saint-Pierre même. Qui dit Vatican dit richesse, et Michelangelo a bien du mal à convaincre le capitaine de rester raisonnable.

Après plusieurs heures de discussion à l'ombre de la coque échouée sur le sable, ils se mettent enfin d'accord sur le prix et les dates de l'embarquement des marbres.

Les négociations ont épuisé Michelangelo. Il a faim et achète des petits poissons grillés aux pêcheurs installés sur le chemin qui longe la plage. Les uns à côté des autres, assis à même le sol et protégeant leur friture avec des tissus, ils vendent ce qu'ils ont pêché le matin même. Michelangelo se régale, les arêtes craquent sous ses dents et l'huile d'olive de la montagne coule le long de ses doigts.

Les tensions qu'il a accumulées lors de sa discussion disparaissent peu à peu. Il est de nouveau ébloui par le soleil qui, malgré l'heure tardive de cet après-midi, est encore fortement réverbéré sur le sable. La lumière distille un halo clair. Michelangelo cligne les yeux, le sol frémit, la mer au loin forme une mince traînée bleue.

Avant de reprendre la route de Carrare, il a envie de marcher le long de l'eau. Il traverse l'étendue qui le sépare de la mer en évitant les bateaux, les bêtes et les hommes. Il se déchausse. Ses pieds n'ont pas foulé le sable depuis des années. Les grains extrêmement fins roulent entre ses orteils et, soudain déstabilisé par cette surface irrégulière, il manque de tomber.

Michelangelo avance lentement, savourant la tiédeur qui inonde chacun de ses pas. Il est maintenant sur la frange de sable humide qui borde la mer. La dureté et la couleur du sol varient selon l'intensité des vagues. La partie la plus sèche est friable et se casse sous ses pieds, formant de petites plaques marron dont les bords s'égrènent. Plus il s'approche de la mer, plus le sable est compact. Bientôt, seuls ses talons laissent une empreinte durable.

Cette promenade le long de l'eau délie son corps. Il avance au rythme des vagues. Sa respiration se pose sur l'écume, puis s'estompe. Sans immerger son corps, Michelangelo se fond dans la mer.

Le sculpteur se sent, à cet instant, entièrement libre. Et lorsqu'il se retourne vers la montagne qui, à quelques lieues de là, embrasse le paysage, une joie insoupçonnée éclate en lui. La beauté miraculeuse de la nature alentour lui signifie que tout est possible, qu'en créant, il devient maître de lui-même et de sa force.

Michelangelo ramasse quelques coquillages et les met dans sa poche en souvenir de la lumière, du sable et de ce moment si juste.

Il reprend ensuite la route de Carrare. Les sabots de son cheval claquent de nouveau. Cette journée près de la mer, malgré sa discussion tendue avec le capitaine, l'a revigoré.

Comme la fois précédente, il entre dans le village lorsque l'angélus sonne. Il se demande si Cavallino sera là pour l'accueillir et amener son cheval à l'écurie. Non, sur la place il n'y a que les enfants qui jouent à se cacher et à se poursuivre. Cavallino doit être dans le grand pré avec sa jument blanche.

Michelangelo se dirige seul vers l'écurie. Quand Michele court vers lui, abandonnant ses compagnons de jeu : « Attends-moi, je viens avec toi ! »

L'enfant glisse sa main dans celle du sculpteur. Ils marchent au pas du cheval. Michelangelo est soudain bouleversé au contact de cette petite main si chaude dans la sienne. La sensation est la même que de protéger dans ses paumes un petit oiseau.

« Tu es allé où avec ton cheval, aujourd'hui ?

– À la mer.

– À la mer ! Quelle chance ! Je n'y suis jamais allé...

– On ira ensemble un jour, si tu veux. »

Michelangelo regrette aussitôt sa proposition. Mais Michele ne semble pas l'avoir entendu et continue :

« Tu sais, ton dessin, mon papa a voulu le prendre pour aller le vendre en ville. Mais je lui ai dit que je l'avais brûlé dans la cheminée. »

L'enfant éclate de rire avant de poursuivre :

« Il était furieux. Tout rouge. Je les avais entendus parler, ma sœur et lui, de le vendre. Alors je l'ai caché et je ne dirai à personne où il est. »

Il s'arrête et se tourne vers le sculpteur :

« Je voudrais te parler de ma maman.

– Je crois que je n'ai vraiment pas du tout envie d'entendre quoi que ce soit à propos de ta mère.

– Tu n'as pas le choix, tu es mon ami.

– Qu'est-ce qui te fait dire que l'on est amis ?

– La manière dont tu as pris ma main dans la tienne. »

Michelangelo s'accroupit et le regarde droit dans les yeux :

« Tu me parleras de ta mère une autre fois. Va jouer avec les autres et prends ça. »

Il sort de sa poche les coquillages qu'il a ramassés sur la plage et les dépose dans la paume ouverte de l'enfant.

Le parfum

En fermant la porte de sa chambre derrière lui, le sculpteur ne comprend pas encore ce qui l'étreint. Il sent simplement que quelque chose en lui a bougé. Imperceptiblement, une émotion se fait une place. Infime et pourtant bouleversante.

Michelangelo se couche. Il plonge ainsi dans la nuit et ses rêves, bercé par l'espoir que cette joie si profonde soit toujours là, à portée de cœur.

Il s'abandonne avec une nonchalance nouvelle à l'appel de cette plaie lumineuse, inviolée depuis si longtemps, qui commence à s'ouvrir en lui.

De la plage étincelante et de la petite main chaude naît un parfum. Un parfum d'abord discret et frais, subtil mélange de lavande et de roses volatiles. Puis la lavande s'estompe, et l'iris entre dans la ronde des senteurs, les emportant toutes dans son sillage, les unes près les autres.

Ce parfum maintenant capiteux est celui de la femme dont Michelangelo a tout oublié, dont il a enfermé les traits et les soupirs dans une petite boîte enterrée sous un grand arbre.

Le parfum comme premier souvenir.

Dans le sable creusé par la mer,
L'enfant de ses mains douces
A déterré le coquillage.
L'approchant de son oreille,
Il espère retenir les vagues
Et récolte l'écume d'un parfum.

Le feu

La journée suivante a été bonne. Une des parois de la montagne, d'où plusieurs blocs ont déjà été détachés, semble particulièrement prometteuse.

« Une veine de lait sans une goutte de sang ! » s'est exclamé Topolino.

Michelangelo est aussi enthousiaste. Ils vont certainement pouvoir en tirer assez de matière pour plusieurs statues. Le tailleur de pierre a proposé au sculpteur de fêter cela autour d'un bon repas, et Michelangelo s'est empressé d'accepter. Depuis que le parfum de sa mère s'est suspendu à ses narines, il n'a plus envie d'être seul.

À son retour de la carrière, Michelangelo traverse la place. Les enfants font des rondes en chantant et Cavallino est en grande discussion avec Michele.

Le sculpteur s'approche du petit groupe. Cavallino maintenant trotte autour de ceux qui dansent. Ses hennissements accompagnent leurs chants. Michele prend aussitôt la main de Michelangelo et le force à s'asseoir près de lui sur les marches en marbre du parvis de l'église.

« Comme tu ne veux pas que je te parle de ma maman, je vais te parler de mon papa.

– Tu sais, je crois que je ne veux rien savoir ni de l'un ni de l'autre. »

Michele poursuit sans l'entendre :

« Quelques jours après la mort de maman, je me suis retrouvé seul avec papa dans la maison. Il était assis près de la cheminée, la tête entre ses mains. Je croyais qu'il s'était endormi. Je me suis approché et je lui ai tapoté l'épaule. Quand il m'a regardé, j'ai vu qu'en fait il pleurait. Il s'est alors mis à genoux et a éclaté en sanglots dans mes bras. Comme un enfant. Tu vois, l'enfant, c'est lui maintenant ! Tu comprends ?

– Je comprends bien.

– Comment te dire exactement ? C'était comme si j'enlevais ma petite veste en peau de mouton pour ne plus jamais la remettre. Tu comprends ?

– Je comprends bien.

– Tu dis que tu détestes les enfants, mais moi je n'en suis plus un ! »

Michelangelo caresse la chevelure de Michele et lui répond :

« J'ai eu une veste comme la tienne et je peux te dire qu'une fois qu'on l'a perdue, on ne la remet plus jamais. »

Ils restent quelques instants en silence, puis l'enfant retourne jouer avec les autres et Michelangelo se lève pour regagner sa chambre. La brise est chaude, il la respire profondément. Il marche lentement, quand Cavallino le rejoint.

« Comment vas-tu ? lui demande le sculpteur.

– Je vais bien, je passe beaucoup de temps au pré. Et toi ?

– Ça va, merci.

– Il y a quelque chose que je voulais te dire.
– Je t'écoute.
– Le parfum, c'est le ciel qui s'embrase. »

Michelangelo, interloqué, le regarde et murmure : « Pourquoi me dis-tu cela maintenant ? Comment sais-tu ? »

Mais Cavallino est déjà reparti en hennissant.

Michelangelo reste interdit. Il est vrai que le parfum s'est accroché à ses narines et ne l'a plus quitté. Chaque inspiration dévoile en lui une émotion rassurante. Une émotion qui gonfle son cœur de joie. Il a pourtant peur de s'aventurer plus loin. Son chemin s'est jusqu'ici construit autour du mystère de cette silhouette dont il est incapable de prononcer le nom.

Attendre avant d'avancer encore.

Le parfum, c'est le ciel qui s'embrase.

L'embrasement du ciel, Michelangelo l'a déjà connu dans sa vie et, s'il est aujourd'hui signe de béatitude, il a été, en cette soirée de Mardi gras 1497, le symbole des enfers. Alors qu'il oublie de retourner dans sa chambre et qu'il s'aventure dans les petites ruelles de Carrare, les images du bûcher orchestré par Savonarola lui reviennent en mémoire.

Il y avait eu des signes avant-coureurs de la folie du prélat, et pourtant, du temps de Lorenzo de Medici, Michelangelo avait été touché par les sermons de celui qui n'était encore qu'un prêtre. Dans l'entourage du prince, il n'était pas le seul. Pico della Mirandola partageait aussi son enthousiasme.

Mais lorsque Savonarola prend le pouvoir après l'invasion française de 1494, son discours se durcit.

Il ne fait plus l'éloge de la bonté, mais prône un ascétisme où toute expression de soi est bannie.

Il habille les jeunes hommes de blanc et leur fait parcourir la ville afin d'inciter les Florentins à plus de piété. Les artistes sont épiés. La nudité et la pensée libre sont interdites. Les mentalités se rétrécissent. La peur et la suspicion s'immiscent dans les esprits et, quand elles ont fini de les dévorer, les Florentins sont prêts pour le bûcher des vanités. Ils rêvent tous d'y participer. Ce sera, selon les propres mots de Savonarola, grandiose, inoubliable. La lumière divine les éclairera toute la nuit.

Trois adolescents de blanc vêtus sont venus frapper à la porte de Michelangelo :

« Donne-nous de quoi nourrir le feu ! Donne-nous les nus que tu te complais à dessiner ! Ils brûleront mieux que tout le reste. »

Il a la force de les insulter et de les congédier. Mais d'autres se soumettent plus docilement à la tyrannie du bûcher en livrant bijoux, toiles, habits, livres, tout ce qui représente la richesse d'une manière trop ostentatoire, mais aussi ce qui élève l'esprit vers des sphères moins pudibondes que celles prônées par l'église.

Michelangelo décide d'abord de rester enfermé chez lui, puis il ne résiste pas à l'envie d'aller voir. Il se couvre la tête et le visage avec un long foulard et se dirige vers la place de la Signoria.

Le bûcher a commencé. Toutes les façades sont illuminées. Savonarola n'a pas menti, on se croirait en plein jour. Des milliers de livres attendent d'être dévorés par les flammes. Les adolescents en robes blanches hurlent leur joie en jetant au feu les butins qu'ils ont extraits du cœur des maisons.

« Le prix de la pureté », crient-ils.

Michelangelo en a le souffle coupé. Comment les bonnes paroles de Savonarola ont-elles pu en arriver là ? Comment Dieu a-t-il pu le laisser faire en son nom ?

La chaleur du brasier lui brûle les yeux, il recule et se cogne contre un homme qu'il reconnaît aussitôt. C'est Sandro Botticelli, le visage ravagé par les larmes. Il porte plusieurs toiles roulées sous le bras. Dans un rugissement, il les envoie au feu. Au contact des flammes, elles se déroulent, se craquellent. Michelangelo voit la nudité glorieuse de ces femmes disparaître, s'envoler en fumée vers le ciel. Dans un geste désespéré, il tente de les extirper du brasier, mais le bûcher est trop affamé de beauté. En un instant, il les a toutes englouties. Il lui faut toujours plus de poésie, de chair, de rêves, d'intelligence, afin que la vanité de l'ignorance règne en maîtresse absolue.

Botticelli retient le bras du sculpteur et, le regard hagard, hurle sans le reconnaître :

« Plus jamais je ne peindrai de nus ! Je le jure devant Dieu ! »

Michelangelo s'arrache à la poigne démente du peintre et s'enfuit.

La belle et la rivière

Michelangelo est aux portes du village quand il se souvient qu'il est invité chez Topolino. Il fait demi-tour et se perd à nouveau dans les ruelles. Devant certaines maisons, des gens sont installés sur des bancs. Le printemps étant de retour, les conversations sortent des murs et prennent l'air frais du crépuscule. Les mots s'élancent d'un visage à l'autre, d'une bouche édentée aux oreilles attentives de la voisine.

Michelangelo est fasciné par ce besoin pressant qu'ont les autres de s'exprimer, de dire. Il ne le ressent jamais et garde pour lui ses sentiments, ne formulant que l'indispensable. C'est-à-dire tout ce qui a trait au quotidien, au déroulement de ses journées. De son cœur, il ne révèle rien, ou alors maladroitement, comme lors des funérailles de Susanna. À cause de cette maudite phrase, il est maintenant obligé de se lier avec Michele. Il s'est empêtré dans un sentiment de culpabilité qui le force à écouter et à sourire à l'enfant. S'il s'était tu ce jour-là, s'il avait su se contrôler, ils ne se seraient sans doute jamais parlé.

« Et ce parfum qui revient et le ciel qui s'embrase », murmure-t-il.

Michelangelo hausse les épaules. Il répond courtoisement aux saluts, mais ne prend pas le temps de s'arrêter pour discuter avec eux. À cet instant, il regrette presque d'avoir accepté l'invitation de Topolino.

Pourquoi ne pas avoir préféré être seul ? Que partage-t-il avec cette famille ? Que comprennent-ils de son monde intérieur ?

Parfois, à la simple approche des autres, il sent son âme se salir. Aujourd'hui, il a pourtant consenti avec entrain, presque avec joie, à se rendre chez Topolino.

Je ne sais plus très bien où j'en suis.

Il a assez d'esprit pour savoir que refuser la rencontre avec autrui, c'est s'appauvrir. Il aimerait se contenter de lui-même et de la compagnie des personnages qui jaillissent de son esprit.

Être avec moi seul.

Cela suffirait, s'il avait la force de ne jamais imaginer le futur, de ne jamais avoir la nostalgie du passé, de n'être que maintenant et ici même.

Michelangelo marche d'un pas décidé vers la maison de Topolino. Son entrée est aussi solennelle que la première fois. Chiara et les enfants le saluent avec déférence. Le tailleur de pierre s'excuse de ce cérémonial et sert du vin rouge au sculpteur. Au bruit des verres qui s'entrechoquent, l'atmosphère se déride. Les enfants reprennent leurs jeux et Chiara retourne près de l'âtre mélanger les pâtes qui mijotent dans une sauce aigre-douce composée d'anis, de miel, d'huile d'olive et, ce soir-là, exceptionnellement agrémentées de viande de porc séchée.

Aussitôt Michelangelo entré, l'odeur sucrée du plat s'est agrippée à ses narines. Il commence à flairer le monde. Les réminiscences et les saveurs s'accrochent à lui comme elles le peuvent et ne le lâchent pas. Il ne leur oppose d'ailleurs aucune résistance. Et s'il frémit à l'idée que ses découvertes puissent le mener trop loin, il décide de ne pas entraver leur chemin.

Michelangelo regarde, dans le grand plat en terre, les pâtes qui frétillent. La femme lui sourit :

« Comment se passe ton séjour ?

– Bien, merci. »

Et Michelangelo s'étonne de continuer ainsi :

« En venant ici, j'ai vu des gens assis sur des bancs qui discutaient, et je me suis demandé ce qui les poussait à vouloir absolument savoir ce qui se passe chez les autres.

– C'est vrai, je me suis souvent posé la question. Au printemps, les langues se délient et, quelques mois plus tard, les ventres enflent. La vie reprend ses droits. »

Chiara rit, mais Michelangelo poursuit sérieusement :

« Vous, les femmes, vous avez toujours ce besoin de dire. Quand je suis passé dans les rues, les femmes parlaient et les hommes écoutaient. »

Chiara le fixe :

« Je vais t'expliquer ce qui nous rapproche tant : porter la vie et trop souvent la perdre. Tu vois, dans toutes les maisons qui nous entourent, pas une seule femme qui n'ait perdu un ou plusieurs de ses enfants. Ici même, entre tous ceux qui sont assis à notre table, il y a l'ombre de ceux qui sont morts. Cette douleur infinie, viscérale, nous la portons toutes. C'est ce lien invisible qui nous pousse dans les bras les unes des autres pour pleurer, mais aussi pour nous épancher avec des mots. »

Michelangelo l'observe pendant qu'elle parle. Elle a raison, les femmes possèdent la force de défier la vie et la mort.

La soirée se poursuit. Les mets et la discussion aidant, le bonheur s'installe. Le sculpteur ne regrette pas d'être venu. Il se sent bien, entouré par cette famille aimante. À la fin du repas, Topolino demande à sa femme de leur chanter une chanson.

« Tu sais, une de celles d'ici, une des anciennes. » Chiara va dans l'autre pièce et revient avec un petit tambourin.

« C'est le seul cadeau que m'ait fait Topolino, dit-elle en riant. Une fois que l'on s'est mariés, il ne s'est plus donné de mal ! »

Autour de la table, les bouches, éclairées par les petites flammes des lampes à huile, se ferment. Celle de Chiara s'ouvre, accompagnée par ses paumes qui viennent battre la peau tendue de l'instrument.

La belle s'en est allée près de la rivière.
Elle coiffe ses longs cheveux avec joie.
Aujourd'hui est le jour de ses noces,
Cette heure qu'elle attend depuis si longtemps.
Dans sa chevelure brune, elle a glissé
Des fleurs aussi blanches que sa peau,
Aussi délicates que son âme.

La belle s'en est allée près de la rivière.
Les gens commencent d'arriver,
Le cortège va bientôt se former,
« Il est temps, il est temps ! » se dit-elle.

Elle lisse sa robe, regarde son reflet.
« Mon bien-aimé n'oubliera jamais ce jour.
Il est temps de lui appartenir pour toujours ! »

Son bien-aimé, aujourd'hui, en épouse une autre.
La belle le sait, mais pour qu'il ne l'oublie jamais,
Elle a juré de se marier avec la rivière.
Le cortège et les flûtes en liesse s'approchent.
Ils sont là, elle se jette.

Le bien-aimé en passant sur le pont
Voit la belle flotter de toute sa blancheur.
Il ferme les yeux, son cœur se serre
Mais, sur ses paupières closes se gravent pour toujours :
Les noces de la belle et de la rivière.

L'apparition

Après la chanson, le silence engourdit les visages. Les enfants regardent, sidérés, leur mère poser son tambourin entre les assiettes et les verres.

Topolino est le premier à parler :

« Mais, tu as changé toutes les paroles !

– C'est vrai, ce sont les miennes. »

Michelangelo est troublé par la sensibilité de Chiara, par cette femme sans instruction qui exprime avec tant de finesse ses émotions.

« Chiara, ta chanson est magnifique et, sur tes si belles paroles, je vais prendre congé de vous. »

Bientôt, la porte se referme derrière lui et il se retrouve dans la nuit noire. Les volets des maisons sont fermés. Il passe en un instant de la chaleur du foyer de Topolino à la solitude nocturne des ruelles sombres. Au détour de l'une d'elles, un homme est là, qui le précède de quelques pas. Michelangelo ne prête pas attention à lui, mais soudain, il se fige.

Je ne rêve pas. C'est Andrea !

En tendant le bras, il pourrait presque toucher sa soutane. Dans le silence de la nuit, Michelangelo l'appelle :

« Andrea, retourne-toi ! Je suis là ! »

Mais le moine ne l'entend pas et marche rapidement.

« Andrea, attends-moi ! »

Les jambes de Michelangelo sont raides, comme paralysées. Il n'arrive plus à avancer.

« Andrea, où vas-tu ? Si ce n'était pas toi, qui était sur le marbre de la morgue ? »

L'homme s'apprête à tourner dans une ruelle adjacente.

« Andrea, ne me laisse pas ! »

Dans un effort extrême, le sculpteur arrive à poser une jambe devant l'autre, à délier ses muscles, à le poursuivre. Il le rattrape bientôt, mais quand il est sur le point de le dépasser, le moine disparaît.

Michelangelo est seul dans la ruelle sombre. Désespéré d'avoir à nouveau perdu celui qu'il croyait avoir retrouvé, il tombe à genoux et, subitement, se met à pleurer. Depuis combien d'années n'a-t-il pas laissé exploser son cœur ?

Michelangelo est maintenant assis dans la ruelle boueuse, ses mains couvrent son visage. Il a presque envie de rire tant il se sent ridicule de pleurer là. Il se doute bien que la silhouette d'Andrea n'était que le fruit de son imagination, mais il est submergé par une émotion qu'il ne saurait nommer. Est-ce la chanson de Chiara, mêlée à la douceur de cette étrange nuit à Carrare, qui réveille les ombres ?

Michelangelo se lève. Il marche tant bien que mal et sèche ses larmes. Il veut dormir. Ne pas rêver, ne se souvenir de rien. Laisser Andrea retourner parmi les siens.

Alors qu'il est couché et prêt à éteindre sa bougie, son regard se pose sur la petite bible. Il résiste difficilement à l'envie de la prendre dans ses mains. Elle est à peine plus grande qu'une paume. Sa couverture en cuir est patinée d'avoir été tenue et chérie. Il n'ose pas encore la toucher. Ce geste bouscule sa mémoire et, soudain, Andrea est de nouveau là :

« Prends-la cette bible ! Je l'ai adorée, caressée. J'ai cru en chacun de ses mots. Parfois avec désespoir, mais toujours avec la foi chevillée au corps. Jusqu'à te voir, toi, ouvrir les corps, ouvrir la mort. Tu me semblais détenir trop de pouvoir, c'était presque inhumain.

– Andrea, retourne d'où tu viens ! Ne me laisse pas croire trop longtemps que tu es là. Éloigne ton corps du mien. Éloigne tes doigts des miens. Et qu'avec toi s'en aillent les souvenirs de ta peau que je n'ai jamais touchée, que je n'ai fait que parcourir du regard sur le marbre. Andrea, tu es la beauté que je ne saurai jamais atteindre avec mon ciseau. Tu es la preuve ultime de la supériorité de la nature sur mon art. Te voir me rappelle mon inutilité.

– Prends cette bible, elle est pour toi.

– Laisse-la choir.

– Michelangelo, pourquoi pleures-tu ?

– Laisse-moi ! Abandonne-moi comme elle l'a fait !

– Michelangelo, elle ne t'a pas abandonné. Elle est morte, comme moi.

– Allez-vous-en, toi et elle ! Vous êtes faits de la même chair de lumière. Vous me rendez aveugle aux autres ! Je veux le rester ! »

Le sculpteur crie :

« C'est ma seule force, tu entends, la seule ! »

Maria frappe à la porte :

« Tout va bien, maître ?

– Oui, Maria. »

La petite bible tombe sur le sol. Andrea n'est plus là. Michelangelo attend quelques instants encore, puis souffle sa bougie. Dormir, oublier, sculpter les vivants et les morts qui peuplent son imagination. Dénuder la pierre et ne laisser, en son centre, que son cœur battant.

Michelangelo s'endort épuisé. Pas un rêve ne vient troubler cette quiétude dans laquelle il s'engouffre. Pas un soupir, pas une prière. Juste sa respiration régulière, bercée par la tiédeur de la nuit.

L'hermine

Le lendemain matin, il se réveille frais et dispos. Il n'a pas oublié l'apparition de la veille. Mais loin de se sentir paralysé comme il l'était quelques heures auparavant, il est envahi par une énergie nouvelle, l'incitant à se lever de bonne heure pour se rendre à la carrière.

Il engloutit avec voracité le bouillon de poule et le pain que lui porte Maria, et sort. Les cloches sonnent l'office. Michelangelo traverse la place sans prêter attention à ceux qui, d'un pas pressé, se dirigent vers l'église. Parmi eux, il y a Antonella, la sœur de Michele. Sa voix grince derrière lui :

« Vous êtes encore là, vous ! »

Le sculpteur hésite à s'arrêter pour lui répondre, mais déjà elle poursuit :

« Comment le Pape peut-il vous faire confiance alors que vous blasphémez dans sa maison ? »

Au moment où il décide de l'ignorer, Cavallino prend la parole à sa place :

« Petite hermine, pourquoi l'insultes-tu ainsi ?

– Il a offensé mon petit frère et cet idiot a été le premier à lui pardonner. Il ne parle d'ailleurs que de lui. Michelangelo par-ci, Michelangelo par-là...

– Je ne crois pas qu'il soit aussi méchant que tu le prétends. Méfie-toi ! Et ne l'attaque pas trop, ses crocs pourraient broyer tes petits os.

– Arrête de croire que je suis une hermine !

– C'est vrai, parfois je me demande si tu n'es pas plutôt une fouine... »

Michelangelo s'éloigne de la place, leurs voix se perdent dans le battement des cloches.

« Hermine », répète-t-il.

L'évocation de cet animal lui a aussitôt fait penser à un tableau de Leonardo da Vinci. Il ne l'a pas vu, mais un disciple du maître de passage à Florence lui a montré la copie qu'il en avait fait à la mine de plomb. La jeune femme ne ressemble pas à Antonella, mais l'hermine au museau pointu qu'elle tient dans ses bras possède des similarités avec le faciès anguleux de la jeune fille. La main du modèle avait particulièrement séduit Michelangelo. Une main à la fois délicate et robuste, presque trop grande par rapport au reste du corps. Ses doigts caressent et protègent le pelage de la bête.

Une main, les mains.

Les siennes maintenant le démangent. Avant de quitter sa chambre, il n'a pas oublié de prendre ses ciseaux et sa masse.

Trouver un petit bloc, ne serait-ce qu'un éclat de marbre et sculpter pour se sentir utile. En vie, tout simplement.

Son pas est rapide. Il salue sur le chemin ceux qui, comme lui, montent à la carrière. Il ne s'arrête pas pour discuter. Il avance.

Une fois là-haut, il se dirige sans hésitation vers Topolino.

« Eh l'ami, qu'est-ce qui t'amène ?

– Topolino, trouve-moi un petit bloc, s'il te plaît. Qu'il soit beau !

– Tu as des fourmis dans les doigts, c'est ça ?

– Exactement.

– Va voir un peu plus loin. Il y a un tas de *rifiuti*, des marbres trop petits ou inutilisables. »

Michelangelo ne prend pas le temps de le remercier. Il est déjà accroupi près du tas de pierres. Il jette son dévolu sur un bloc informe, pas plus grand qu'une tête d'homme. Des arêtes saillantes le strient en tous sens. Mais Michelangelo ne se trompe pas. Le grain de la pierre est extrêmement fin, aucune veine ne vient rompre sa pureté.

Pas de veines, non plus, sur la main de la femme à l'hermine. Sous sa peau, une vie translucide et discrète. C'est bien une main qu'il a envie de sculpter, pas celle d'une femme, mais celle d'un homme et d'un seul : Andrea.

« Ta main à toi, que j'ai failli toucher hier », dit Michelangelo en s'emparant du petit bloc avant d'aller s'installer près des rondins de bois utilisés pour descendre les chargements.

Là, il s'improvise un petit établi sur lequel il pose la pierre. Sans plus attendre, il commence.

La main d'Andrea irradie sa mémoire. Il dégrossit rapidement le marbre avec son ciseau à quatre dents. Quelques tailleurs de pierre, intrigués, se sont regroupés autour de lui.

« Je n'ai jamais vu personne aller aussi vite.

– C'est comme si, sous son ciseau, le marbre se ramollissait...

– Ça ne nous arrive jamais à nous ! »

Michelangelo ne les écoute pas tant il s'évertue à redonner vie à la main d'Andrea.

« Qu'est-ce que tu crois qu'il va faire ?

– Je ne sais pas, mais on dirait des doigts. »

Les hommes s'éloignent, laissant Michelangelo à son travail.

Très vite, la main surgit. Elle est posée sur quelque chose. Des éclats plus tard, la petite bible se dessine. La paume la recouvre, la protège avec la même délicatesse que celle caressant l'hermine.

Tu vois, Andrea, si je le veux, tu es près de moi.

Michelangelo n'éprouve aucune nostalgie, aucune tristesse. Il est heureux d'être là, à tailler, lisser, polir. Se laisser happer par ce qui prend forme, ce qui se métamorphose. De la sienne, bien vivante, naît la main morte d'un autre. Une main qui, maintenant prise dans le marbre, conquiert son éternité minérale.

La journée passe sans que Michelangelo s'en aperçoive. Il ne s'arrête que lorsque la sculpture est achevée. Quand Topolino vient le voir en fin d'après-midi, il n'a ni bu ni mangé.

« Tu vas te tuer à transpirer comme ça !

– J'ai fini. »

Le tailleur de pierre jette un regard admiratif à la main qu'il découvre.

« Elle est magnifique !

– Justement, elle est pour toi. Enfin pour Chiara et pour toi. Ça te fera un cadeau à lui rapporter... »

Maintenant que la sculpture est terminée, elle n'intéresse plus Michelangelo. Il lui a suffi de se sentir pendant quelques heures maître du marbre pour reprendre espoir, pour vérifier que sa chair et son esprit sont toujours à l'affût.

« Qu'est-ce qu'elle tient cette main ?

– Un livre de chansons aux paroles inventées. »

La visite

Quelques jours plus tard, alors que Michelangelo est à la carrière et discute avec les *riquadratori* de la taille des blocs nécessaire aux esclaves qu'il a imaginés, on lui tape sur l'épaule. Il se tourne et reconnaît aussitôt Marco, son assistant.

« Maître, je suis désolé d'arriver si tard, mais nous avons été retenus à Rome et notre voyage a été plus long que prévu. »

Michelangelo, qui avait oublié jusqu'à l'existence de Marco, lui répond d'un ton las :

« Qui ça "nous" ? Vous êtes plusieurs ?

– Oui, le Pape a voulu que je vienne accompagné.

– Avoue plutôt que tu as trouvé une excuse pour amener une femme. »

Marco ricane et poursuit :

« Il y a bien une robe dans cette histoire, mais ce n'est pas celle que vous croyez. Regardez derrière moi ! »

La robe est en fait une soutane, et Michelangelo éclate de rire :

« Qu'est-ce qu'il fait là, lui ? »

Le prêtre, perdu au milieu des marbres et de la poussière blanche, est chétif et blême. Son dos, voûté d'avoir trop longtemps étudié les textes sacrés de la bibliothèque vaticane. Il semble s'excuser d'être là, d'exister.

Michelangelo s'approche de lui et n'hésite pas à le provoquer :

« Vous vous êtes trompé d'endroit, il n'y a pas d'église ici ! »

La tonsure de l'ecclésiastique devient aussi rouge que son visage. Il balbutie :

« J'accompagne Marco. Je ne cherche pas d'église. »

Le voyant si troublé, le sculpteur se radoucit :

« Il paraît que c'est le Pape qui vous envoie. Quelles sont les dernières nouvelles de Rome ?

– J'accompagne seulement Marco. Je ne sais rien d'autre. »

Le jeune homme s'adresse à Michelangelo avec entrain :

« Maître, moi j'ai envie de me rendre utile !

– Très bien, mais le plus urgent est de ramener notre cher prêtre en ville. Attendez-moi là-bas ! »

Le prêtre, plus pugnace qu'il ne paraît, n'est pas de cet avis :

« Impossible, le Pape m'a demandé de rester auprès de vous !

– À côté de moi ou de Marco ? Et puis, “impossible” est un mot que je ne connais ni pour moi ni pour les autres ! Marco, va voir Topolino, et vous, faites ce que vous voulez ! »

Michelangelo retourne vers les *riquadratori* en maugréant :

« Je sens que je ne vais pas les supporter bien longtemps... »

Il n'aime pas avoir de disciples et, s'il a lui-même étudié dans des ateliers où une multitude d'apprentis se pressait, il n'a jamais eu envie d'être suivi, épié. Il considère d'ailleurs que ses passages chez Ghirlandaio et Bertoldo, dans sa jeunesse, n'ont fait qu'affirmer son habileté. L'essentiel, il le portait déjà en lui, et cet essentiel ne s'apprend pas. Marco a peu de talent. Pendant plusieurs mois, à Rome, il a cherché à rencontrer le maître. Un jour, le sculpteur a finalement accepté de le voir, il lui a même dit, dans un élan de générosité qu'il regrette à présent, qu'il pourrait le rejoindre à Carrare, puis il a oublié. C'était sans compter sur la mémoire de Marco.

Michelangelo observe du coin de l'œil l'ecclésiastique. Les bords de sa soutane sont à présent complètement recouverts de poudre de marbre. Il s'est isolé près du tas de *rifiuti* pour prier. Le sculpteur hausse les épaules.

Continue de prier, tant que tu me laisses travailler.

Michelangelo ne parvient plus à cacher sa mauvaise humeur et prévient Marco :

« D'abord, je n'ai jamais besoin d'aide. Ensuite, tu n'as qu'à m'observer et, si tu ne comprends pas, ne me demande pas. Les réponses sont en toi et si tu ne les trouves pas, c'est qu'elles n'y sont pas. On ne peut rien les uns pour les autres. Rien. D'accord ? Alors, surtout n'espère pas apprendre quoi que ce soit de moi. Je tolère ta présence, c'est tout. Est-ce clair ? »

Marco bredouille :

« Mais j'ai fait tout ce voyage pour suivre votre enseignement...

– Ne me dérange pas et vole tout ce que tu peux.

– Comment ça “vole” ?

– C’est bien ce que je craignais, tu ne comprends pas... »

Sur ces mots, il s’en va, laissant Marco bouche bée.

Malgré cette arrivée impromptue, les affaires de Michelangelo avancent comme il le souhaite. Il a déjà sélectionné le quart des blocs nécessaires au tombeau. L’entente est bonne avec les carriers, il est écouté et respecté pour son savoir, mais à part le lien différent qu’il a tissé avec Topolino, il n’est ami avec personne.

La journée prend fin et le sculpteur reste bien après tous les autres. En partie pour profiter de la lumière ocre du crépuscule qui vient se réverbérer sur les parois blanches, mais surtout pour faire regretter à Marco et au prêtre d’être venus. Il ne leur a plus adressé la parole, les laissant seuls face à leur inutilité. Quand il se décide enfin à partir, il leur ment éhontément :

« Parfois, je dors ici, tant je suis happé par le marbre. D’ailleurs, demain soir, c’est ce que je ferai certainement, et je vous invite à m’accompagner. »

L’ecclésiastique, qui est resté tout l’après-midi assis à transpirer sous la chaleur du soleil, décline aussitôt l’invitation :

« Je vous remercie, mais je demeurerai auprès du curé de Carrare, mon ami, qui m’a si gracieusement offert l’hospitalité et que je ne voudrais pas froisser.

– Et toi, Marco ?

– Avec tout mon respect, maître, je crois que vous vous fichez de nous. »

L'espion

Devant le parvis de l'église de Carrare, le prêtre prend congé des deux hommes en leur disant qu'il les retrouvera le lendemain à la carrière. Marco, qui loge dans une des petites chambres sombres sous le toit de Maria, poursuit son chemin avec le sculpteur. Michele les rejoint et, tout en tirant la manche de Michelangelo, lui dit :

« Viens, ça fait longtemps qu'on n'a pas parlé !

– Pas ce soir, Michele, je suis fatigué. Demain peut-être.

– Tu me promets ?

– Oui, si tu veux. »

Alors que l'enfant le remercie, le sculpteur se demande pourquoi il a promis si facilement.

Arrivé sur le palier de sa chambre, Michelangelo prévient Marco qu'il y dînera seul, mais ils peuvent se donner rendez-vous le lendemain matin, à sept heures, devant l'église.

« Très bien, maître. Je vous souhaite une bonne nuit. »

Michelangelo ferme la porte de sa chambre derrière lui et s'adosse au chambranle quelques instants.

Pourquoi ne me laissent-ils pas ?

La petite bible est toujours sur la table à côté de la bougie éteinte.

Andrea, quand reviendras-tu me voir ?

Il n'a jamais su pourquoi il avait tant besoin d'être seul, pourquoi cette incompréhension entre lui et le reste du monde le rassurait, le protégeait même.

Maria lui apporte son repas. Il mange à peine, préférant boire lentement du vin rouge. Verre après verre, doucement la chambre tangue. L'ivresse lui fait murmurer des bribes de phrases, parfois ricaner. Il feuillette son carnet de croquis, sa première lettre pour Guido tombe sur le sol. Il la ramasse.

Je vais t'écrire bientôt, très bientôt.

Les verres se succèdent. Le geste est machinal avant d'être arrêté net par le sommeil, qui fauche le sculpteur sur sa chaise. Alors que sa tête dodeline, son esprit est assailli par une image. Une seule. Sa pietà de Rome. À la place de la Vierge, c'est lui qui est assis, vêtu de la même robe ample et coiffé du voile virginal. Dans ses bras, ce n'est pas le Christ qui s'abandonne, mais Andrea, en chair et en os. Mort ou endormi, Michelangelo ne le sait pas. Ce dont il est sûr, en revanche, c'est qu'Andrea est entièrement nu. Le drapé qui recouvre la nudité du Christ a disparu, et Michelangelo dévore Andrea des yeux. Pétrifié dans sa position, il ne peut ni le toucher, ni le caresser. Simplement regarder la beauté masculine dans toute sa splendeur, dans toute sa gloire. Et son émotion est si vive qu'elle lui lèche les entrailles.

Affolée par cette extase amoureuse, sa conscience le réveille en sursaut. Elle efface en un instant sa vision idyllique. Le sculpteur ferme les yeux pour tenter de la rattraper, mais l'image fugace du paradis incarné s'est échappée en laissant, comme unique souvenir, une ardeur où se mêlent vin et bonheur.

Quelques instants plus tard, il tombe sur son lit, les bras en croix, le visage enfoui dans l'oreiller. Il reste dans la même position jusqu'à l'aube, jusqu'à ce qu'un rayon lumineux le réveille.

Michelangelo est maintenant assis, et le mal de tête qui lui barre le crâne lui rappelle ses excès de la veille. La chaise près de la table est à terre. Il a dû la renverser en se couchant. La bouteille et le verre sont vides. Par chance, la cruche d'eau est encore pleine. Il en fait couler un peu sur ses mains et frotte vigoureusement son visage. Au contact de l'eau, sa peau quitte la torpeur dans laquelle elle était plongée. Peu à peu, elle s'évade de l'inconscience pour renouer avec les heures du jour. Andrea, lui, s'engouffre dans le creux noir de sa mémoire, emportant avec lui son impudeur.

Michelangelo s'approche de la fenêtre. Il laisse le soleil envahir tout son corps.

Il boit de grandes gorgées d'eau à même la cruche et mange le pain dur resté sur la table. Il est maintenant prêt à parcourir la bonne heure de marche qui le sépare de la carrière. Il n'attendra pas Marco.

Il n'aura qu'à m'y rejoindre tout seul.

En passant devant l'église, il remarque que le portail est entrebâillé. L'édifice ouvre en général plus tard. Intrigué, il entre. Les deux prêtres, celui de Carrare et celui fraîchement arrivé de Rome, sont en grande discussion, quand ce dernier remarque la présence du sculpteur.

« Nous sommes venus prier plus tôt que d'habitude. Joignez vos prières aux nôtres !

– Non merci, je vais à la carrière.

– J'irai aussi.

– Ne vous pressez pas. »

À mi-chemin, Michelangelo s'aperçoit qu'il a oublié son carnet avec les derniers croquis qu'il voulait montrer à Topolino. Pestant contre lui-même, il décide de redescendre au village.

Au moment où il s'apprête à ouvrir la porte de sa chambre, un pressentiment l'étreint. Il tourne la poignée doucement et jette un coup d'œil à l'intérieur. Ce qu'il découvre le laisse sans voix. Le prêtre romain est là, assis à sa table, et feuillette son carnet de croquis. Le sculpteur hésite un instant entre le cogner ou hurler, mais le cri est plus rapide que ses poings.

« Que faites-vous là ? »

Le prêtre sursaute, devient blême.

« J'accompagne Marco...

– Arrêtez de dire ça ! Je ne veux plus croiser ni votre visage ni votre soutane ! »

Alerté par le bruit, Marco descend les escaliers quatre à quatre.

« Et toi, tu étais au courant ? Toi aussi, tu es un espion du Pape ?

– Non, maître. Que se passe-t-il ? »

Michelangelo est maintenant rouge de colère.

« Dégagez tous les deux ! Je ne veux plus jamais entendre parler de vous ! »

Le nez

Le prêtre et Marco partent, ils n'ont pas d'autre choix. Le jeune homme tente bien de se justifier, il implore le maître, mais rien n'y fait. Michelangelo n'est pas prêt à l'entendre, ni lui, ni l'autre, ni personne d'ailleurs. Il les insulte jusqu'aux portes de la ville, voulant s'assurer par lui-même qu'ils ne restent pas pour l'épier encore. Le visage défait de Marco ne l'attendrit pas. Il ne s'aperçoit pas de l'injustice qu'il commet, des espoirs qu'il anéantit. La curiosité du prêtre lui offre une parfaite excuse pour les chasser. Il sera de nouveau seul. N'est-ce pas tout ce qu'il souhaite ? Et peu lui importe de s'être laissé emporter par sa colère.

De retour sur la place, Michelangelo s'assoit, épuisé, sur les marches du parvis de l'église. La tête entre les mains, il se demande ce que pouvait bien chercher le prêtre, s'il faisait preuve de zèle ou si le Pape lui avait bien spécifié de fouiller dans son carnet. A-t-il lu sa lettre pour le frère Guido ? La simple évocation de cette possibilité fait ressurgir la rage.

Pourquoi ne me laissent-ils pas travailler tranquille ?

« Bonjour, ça n'a pas l'air d'aller ? »

C'est Michele qui lui sourit.

« Non, ça ne va pas ! Et c'est à cause des autres ! De toi aussi ! »

L'enfant ne s'offusque pas. Au contraire, il s'assoit près du sculpteur.

« Aujourd'hui, c'est à toi de parler.

– Si tu savais comme je n'ai absolument rien à te dire. »

Le ton de Michelangelo est las. Il secoue la tête.

« Ce n'est pas grave, lui répond Michele, on peut juste rester côte à côte. »

Après un long moment de silence, il sent le regard de l'enfant qui le scrute.

« Pourquoi ton nez est tout cassé ? On a l'impression qu'il a été écrasé.

– C'est à cause d'un imbécile de sculpteur, Pietro. Un jour, alors que nous discutions, il m'a frappé sans prévenir. Un coup de poing sur le nez. Je me souviens encore du bruit que ça a fait dans mon crâne. Un craquement et la douleur, ensuite. Le sang qui coule et son goût douceâtre dans ma bouche. Je crois qu'il était jaloux.

– Jaloux de quoi ?

– De mon talent.

– C'est quoi, le talent ? »

Michelangelo réfléchit.

« C'est ce qu'on a en soi et qu'on se croit obligé d'exprimer. »

Michele n'est pas sûr d'avoir compris, mais il hoche la tête d'un air entendu. Le sculpteur poursuit :

« Tu sais qu'il a été chassé de Florence pour ça ?

– Incroyable ! »

Michele se met à rire et, se levant, imite la bagarre entre les deux hommes. D'une voix faussement grave, il s'écrie :

« Tiens, prends ça ! Et un deuxième ! Tu m'as blessé ! Les gardes vont venir pour te chasser de la ville ! »

Il maltraite l'air de coups de pied. À force de gesticuler, il tombe par terre en s'esclaffant. Sa joie est si fraîche, si spontanée, que Michelangelo ne peut s'empêcher de la partager. Soudain, il oublie le prêtre et Marco, Pietro et son poing qui l'a défiguré, la laideur dont il se sent depuis affublé et qu'il porte comme un fardeau. Sa colère s'éteint à son insu.

« Viens à côté de moi, je vais te raconter une autre histoire de nez tout aussi absurde. »

Michele applaudit et se rassoit contre le sculpteur.

« C'était il y a quelques années dans la même ville, à Florence, où il y a une place bien plus grande que celle-ci. On m'avait commandé une sculpture, un David gigantesque, haut comme trois hommes. Une fois terminée, on l'a apportée jusqu'à cette grande place. Quand la statue y a été installée, j'avais encore quelques retouches à faire. J'étais en haut de l'échafaudage quand le gonfalonier, le chef de la ville, est passé. Il a regardé la sculpture et m'a demandé de descendre pour me donner son avis. Il trouvait le nez trop gros. Je vais te dire ce que j'ai fait ensuite : je suis remonté à l'échafaudage avec mon ciseau. En haut, tout en faisant semblant de reprendre le nez, je soufflais de la poussière de marbre pour qu'il croie que j'en enlevais. Après un bon moment, je lui ai demandé ce qu'il en pensait, et tu sais ce qu'il m'a répondu, cet idiot, alors que je n'avais rien retouché ? "Il me plaît davantage, vous lui avez donné vie". »

Michele et Michelangelo éclatent de rire en même temps. Plus ils se regardent, plus leurs rires deviennent fous et, dans un élan soudain, le sculpteur déploie son bras pour enlacer l'enfant, qui se blottit contre lui.

Ils se laissent alors envahir par cette gaieté contagieuse qui, en plus de les rendre complices, les entraîne loin de leurs incertitudes et de leurs souffrances.

L'offrande

Le sculpteur et l'enfant quittent le parvis de l'église et laissent derrière eux ces marches qui les accueillent si souvent. Michele doit rentrer chez lui et Michelangelo est attendu par les tailleurs de pierre. Ils se saluent de loin.

Le sculpteur bénit cet instant joyeux qui le porte d'un pas vif vers son chemin de marbre. Il sait qu'il n'oubliera pas le rire de l'enfant. Il le porte sur lui comme une multitude de grelots qui retentissent à sa guise. Sur le sentier de la carrière, il s'amuse à faire sonner sa mémoire. Il se souvient de Michele, les yeux écarquillés, attendant la fin de l'histoire et s'abandonnant à leur joie.

Michelangelo est toujours sur le chemin, quand le rire de l'enfant se transforme.

Et, soudain, tout se fige en lui, son cœur cesse de battre. Le rire qu'il entend n'est plus celui de Michele, mais celui d'une femme. Celle dont le parfum s'est fixé à la brisure de son nez.

C'est son rire à elle qui maintenant envahit son oreille, puis tout son être.

Il se retourne et s'écrie :

« Où es-tu ? »

L'offrande du rire comme deuxième souvenir.

Alors que ses pas le mènent
Au cœur de la montagne,
Il se laisse surprendre par Écho
Qui, la gorge déployée,
Lui offre le chant du parfum :
Le rire de l'iris.

Carrare, le 3 juin 1505

Frère Guido, serviteur de Dieu,

Je ne peux m'expliquer ce qui me pousse à vous écrire, alors que je sais pertinemment que cette lettre finira pliée dans mon carnet, que vous ne la lirez pas. Pourtant c'est à vous seul que je veux écrire, à personne d'autre. Et, pour être tout à fait franc, vous êtes le dernier lien, l'unique aussi, qui me rattache à Andrea.

Je dois d'abord vous dire que votre lettre m'a glacé – je ne trouve pas d'autre mot pour dépeindre la sensation qui m'a envahi. Vous ne m'y disiez rien de ce que je voulais entendre. De la politesse et de la délicatesse, mais aucune réponse. La question était pourtant simple : de quoi est-il mort ? Et vous me répondez par vos prières.

Je ne peux m'empêcher de penser que vous me cachez quelque chose. Mais quoi ? Et pourquoi ?

Laissons cela, car connaître les circonstances de sa mort n'est peut-être pas le plus important. Je dois vous l'avouer, frère Guido, ou plutôt vous le confesser, Andrea vit en moi à chaque instant. Et comme vous ne lirez jamais cette confession, je n'omettrai rien.

La tentation que j'éprouve à vouloir toucher Andrea est vive, extrêmement vive, mais cette chair toujours chaste m'emporte au-delà du désir, bien au-delà. Il m'enserre dans l'interstice de la vie et de la mort. Il me mène là où la beauté sublime la décrépitude des chairs. Je sais bien que le corps d'Andrea, maintenant, se décompose dans l'humble fosse de votre cloître. Mais, dans mon esprit, Andrea est plus vivant que jamais. Sa peau n'est plus, et pourtant le souvenir d'elle transcende sa beauté, la ressuscite en la rendant immortelle à mes yeux.

Permettez-moi, frère Guido, d'aller plus loin encore et de comparer sa chair à celle du Christ que nous, sculpteurs et peintres, tentons de représenter. Ce corps parfois crucifié, parfois glorieux, nous l'incarnons grâce à nos pinceaux et à nos marbres. En lui offrant un corps, nous lui insufflons sa beauté éternelle et je me dois de l'exprimer. Il y a cette force, ce magma en moi, qui m'y poussent. Presque une question de vie ou de mort.

Andrea me hante, il s'immisce là où ma pensée agit peu.

Et puis, il y a ces souvenirs qui ressurgissent sans crier gare. Un parfum et un rire qui m'ont surpris, m'ont anéanti. J'avais pourtant pris soin de bien refermer la boîte. Elle était censée ne jamais s'ouvrir. J'en viens à croire que les racines du grand arbre, poursuivant leur chemin sous la terre, ont cassé le couvercle, laissant s'échapper la senteur de l'iris et les grelots de son rire.

Le temps s'arrête et je me fige. Dois-je avancer ou reculer pour oublier tout à fait ?

Le regard tourné vers la fenêtre de sa chambre, les yeux perdus dans le bleu du ciel, Michelangelo laisse sécher sa plume.

Malbacco

Et la lettre reste pliée dans le carnet. Elle dépasse à peine des autres pages. Michelangelo se dit que toute sa vie est là, dans ce petit tas de feuilles grand comme sa main. Ses croquis et ses pensées. Ses certitudes et ses doutes. Il ne s'inquiète plus de ce qu'a pu lire le prêtre. Il n'a rien à cacher. Ne travaille-t-il pas avec acharnement au projet du tombeau ? Et son amour pour Andrea n'a-t-il pas toujours été platonique ?

« Je n'ai rien à me reprocher », dit-il en ouvrant les volets de sa chambre.

Le soleil est déjà haut. Cette journée de juin s'annonce resplendissante.

« Michelangelo ! »

C'est Cavallino qui l'appelle depuis la place.

« Il est temps que je te la présente.

– Qui ça ?

– Ma jument blanche, évidemment ! »

Le sculpteur a envie de suivre la folie douce de son ami. Il lui répond sans hésiter :

« J'arrive. »

Il enfile ses chausses et descend aussitôt dans la rue.

« Viens, tu vas voir comme elle est belle ! »

Ils marchent ensemble jusqu'au pré, à flanc de colline. Ils n'échangent aucun mot. Chacun se réjouissant de la présence de l'autre, de la lumière. Chacun à l'affût des rayons tièdes du matin.

À l'approche du pré, Cavallino accélère le pas. Il trotte presque et Michelangelo le suit. Arrivé à la barrière de bois, Cavallino pousse un long hennissement. À l'horizon de l'étendue verte surgit en cadence une petite silhouette blanche.

« Regarde comme elle foule le ciel ! »

Et soudain la jument est là, frémissant encore de sa course à travers champs. Cavallino saute par-dessus la barrière et l'accueille par une ruade. Il enlace son encolure, puis lui glisse quelques mots à l'oreille.

Michelangelo, qui n'a pas osé bouger, voit les cils recourbés de l'animal se rejoindre et tressaillir de plaisir.

« Que lui as-tu dit ? »

Sans desserrer son étreinte, Cavallino lui répond tout bas :

« Qu'elle est mon étoile filante qui vient, chaque jour, percuter et consumer mon cœur. Qu'elle est mon immaculée, ma toute blanche. »

Les voir si amoureusement embrassés, alors qu'il est debout derrière la barrière de bois, le ramène à sa propre solitude, et à sa laideur qui le fait se sentir si seul. L'inadéquation fondamentale entre l'image qu'il a de son âme et son apparence le pousse à vouloir modeler le corps des autres, à s'approprier leur beauté. Cavallino est tout l'inverse. Peu lui importe de ne pas ressembler à un cheval. Cette incohérence n'a jamais traversé son esprit. Il est ce qu'il désire être, tout simplement. Et Michelangelo, en le regardant caresser la crinière de sa belle jument blanche, se demande si le plus fou des deux n'est pas celui qui reste de l'autre côté de la barrière du rêve, celui qui poursuit la beauté sans jamais l'atteindre. Alors, pour ne pas troubler l'éternité qui s'est posée sur eux, le sculpteur recule, laissant son ami et sa jument blanche à la poésie de leur amour.

Tout juste accompagné de lui-même, il s'en va le long du chemin. Il a entendu parler d'un ruisseau qui dévale la montagne, Malbacco, où les carriers se rafraîchissent lors des suffocantes journées d'été.

Pourquoi ne pas y aller aujourd'hui ?

Michelangelo coupe à travers les prés et perçoit la musique changeante de la nature. Les grillons répondent aux abeilles qui, elles-mêmes, secouent les fleurs clochettes dont le chant, à peine audible, colore leur polyphonie céleste. Il bouscule chardons et boutons d'or, faisant s'envoler coccinelles et nuées de moucherons. Nombre d'entre eux auréolent la tignasse hirsute du sculpteur. Michelangelo n'a coupé ni ses cheveux ni sa barbe depuis son arrivée. Sa chevelure, à laquelle il n'impose aucune volonté, se dresse et s'aplatit au gré du vent et des petits chapeaux qu'il fabrique afin de se protéger de la poussière de marbre.

Il avance et entend bientôt le ruisseau. Le cours d'eau se cache derrière les arbres et a creusé la pierre pour y faire son lit. La chanson de Chiara lui revient en mémoire : les noces de la belle et de la rivière. Combien de jeunes filles sont venues se jeter là par dépit amoureux ? Combien d'entre elles ont préféré glacer leur âme plutôt que de la laisser errer toute une vie durant ?

Michelangelo transperce les broussailles et grimpe sur de hauts rochers. Il atteint l'endroit qu'il cherche. Les pierres, à force d'être caressées par l'eau, se sont lissées tant et si bien qu'elles forment maintenant de larges vasques naturelles où plusieurs hommes peuvent se tenir sans toucher le fond.

Il se dévêt. Le plus long est d'enlever ses chausses, qui sont nouées jusqu'en haut de ses mollets. Une fois ses orteils à l'air, il les plonge dans l'eau froide. Ses jambes sont aussitôt parcourues de longs frissons. Il les mouille entièrement et les frictionne avec une poignée d'herbe. La crasse se détache. Il nettoie ainsi tout son corps, méticuleusement, prenant son temps. Puis il saute, la tête la première, dans le cours d'eau. Le sang de ses tempes bat à tout rompre. Sa peau se hérisse de plaisir.

Michelangelo est heureux d'être au cœur de la nature et de ses bruissements. Loin du tumulte humain. Seul au monde.

La mort d'un loup

Les semaines suivantes sont accablantes de chaleur. La plupart des accidents arrivent lors de ces jours aux températures extrêmes. Que ce soit l'hiver ou l'été, quand l'attention des carriers est menacée par leurs corps frigorifiés ou en sueur, la pierre n'oublie jamais de tomber. À la moindre inadvertance, elle se détache. Et, comme ils le savent tous, elle n'a qu'une seule trajectoire.

Ce jour-là, le marbre n'a pas pardonné l'inattention de l'un d'eux. La corde a glissé entre ses mains transpirantes. Le bloc est tombé droit et, sans la moindre hésitation, lui a écrasé le crâne. Après le vacarme produit par la chute, un long silence règne pendant lequel les hommes se regardent pour identifier celui qui manque à l'appel. Personne n'ose bouger. Quand ils comprennent de qui il s'agit, ils courent tous jusqu'au corps. Parfois, ce n'est qu'un membre qui est touché. Mais, ce jour-là, la mort ne fait aucun doute.

Ils s'y mettent à plusieurs pour soulever le bloc qui l'a terrassé. Il ne reste de son crâne qu'un amas de cheveux, d'os, de cervelle. Les carriers se signent et prononcent une petite prière. Les mouches sont déjà là. Ils descendent le corps immédiatement au village. Les chiens errants auront tôt fait de nettoyer les restes. Effaçant en un rien de temps les traces de sang.

La chaleur ne laissant aucun répit aux plaies du cadavre, les funérailles sont dites le lendemain même. Le glas sonne. C'est le deuxième office funèbre auquel Michelangelo va assister depuis le début de son séjour. Les cloches viennent troubler le mutisme dans lequel le village se plonge après de tels accidents. Les familles rendent visite à la veuve pour lui apporter soutien et promesses. La solidarité dont le village fait preuve lors de ces événements est inaltérable. Ils savent que la mort frappe au hasard et que le marbre qu'ils extraient de la montagne est aussi celui de leurs tombes.

Michelangelo attend sur le parvis que tous les carriers soient entrés dans l'église. Comme lors des funérailles de Susanna, il ne sait pas très bien quelle est sa place. Il est sûr que la plupart n'ont pas oublié sa phrase inconsidérée envers Michele. Il se doit pourtant d'être là. Mais où exactement ? Sur quel banc ?

Alors qu'il est perdu dans ses pensées, Michele l'appelle :

« Viens ! Cette fois-ci, je veux que tu sois près de nous !

– Tu en es sûr ?

– Oui, d'ailleurs j'en ai parlé à ma maman et elle est d'accord. Est-ce que je t'ai dit qu'elle venait me voir la nuit ?

– Non, tu ne m'en as pas parlé.

– Tu veux que je te raconte ?

– Non, merci.
– Pourquoi ? »
Michelangelo esquive :
« Rentrons dans l'église plutôt. »
L'enfant amène Michelangelo jusqu'au rang où sa famille s'est installée. Antonella bondit quand elle voit le sculpteur s'asseoir près d'eux.
« Comment oses-tu, Michele ?
– Tais-toi ! Tu ne sais rien. »
Persiflant, elle poursuit :
« Il t'a insulté, il a sali la mémoire de notre mère ! »
Michele, calmement, lui répond :
« Il est le seul à me comprendre. Toi, ta colère t'a rendue sourde ! »
Mais les cloches couvrent leur dialogue. L'office commence.
Michelangelo n'écoute pas l'homélie. Il préfère discrètement regarder le visage des autres. Certains sont pénétrés de ce qu'ils entendent, d'autres peinent à cacher leur ennui. Les proches du défunt sont hébétés, le latin glisse sur eux sans les atteindre.
Michele a gardé la main de Michelangelo dans la sienne. Il la tient fermement, sans angoisse. L'enfant n'a pas peur que le sculpteur s'en aille. Non. Sa poigne exprime ce qu'il ressent. Une amitié profonde qu'il retient toute proche.
Soudain, alors qu'ils sont tous agenouillés pour prier, Cavallino entre en hennissant dans l'église. Il galope dans la nef. Même s'il perturbe le silence de la communion, personne ne s'offusque de ses allées et venues tant ils y sont habitués. Mais quand il s'exclame : « Mieux vaut la mort d'un loup que celle d'un bœuf ! », l'indignation est générale. Des voix

s'élèvent, lui intimant de partir. Cavallino, ignorant leurs invectives, continue sa course en répétant :

« Mieux vaut la mort d'un loup que celle d'un bœuf ! »

Le prêtre l'invite à sortir et à attendre la fin de la messe pour s'exprimer, mais Cavallino n'obtempère pas et crie de plus belle. Deux hommes l'empoignent et le traînent alors jusqu'au portail.

Michelangelo s'approche du petit groupe. Il parvient à glisser à l'oreille de son ami :

« Pense à elle. Elle n'aimerait pas te voir ainsi. »

Cavallino se recroqueville aussitôt sur le sol en marmonnant des mots incompréhensibles. Les hommes qui l'entouraient rejoignent leurs bancs, et le sculpteur l'accompagne à l'extérieur.

Ils s'assoient sur les marches du parvis. Cavallino pleure doucement. Michelangelo reste près de lui et, lorsque les larmes se tarissent, il lui raconte sa baignade à Malbacco, il lui dit aussi combien il a été heureux de les voir, lui et sa belle jument blanche.

« Aucune sculpture ne saura exprimer la grâce de votre amour.

– Tu es un chien perdu au milieu des loups », murmure Cavallino.

La légende

Michelangelo se remémore la phrase de Cavallino. En effet, il est souvent perdu au milieu des autres, et les deux seules personnes à qui il pourrait se confier sont un fou qui se prend pour un cheval et un moine à la beauté sidérante, mort avant qu'ils n'aient pu se parler. Le sculpteur, aux mains douées d'un rare pouvoir, n'est pas dupe et se plaît à dire à ses semblables : « Ne regardez pas mon visage, il est laid. Regardez plutôt mes mains ! Elles sont si puissantes qu'elles façonnent la réalité, qu'elles donnent vie à la pierre. Dans le sillon creusé par mon ciseau, les veines du marbre se gorgent de sang. »

Le fil de sa mémoire le mène vers un nouveau visage. Il avait entièrement confiance en elle. Le sourire de sa nourrice se dessine. Ses seins aussi. Michelangelo se souvient encore parfaitement de sa tête posée sur eux, sur leur douceur. Dans son souvenir, ils étaient gigantesques, plus gros que son corps d'enfant. Il plongeait entre eux, se délectait de leur goût de miel acidulé par quelques gouttes de sueur. Sa nourrice et ses seins, des heures d'abandon et de plaisir. Pour elle, il aurait donné sa vie à chaque instant.

Et pour l'autre ? Celle dont il ne sait que le parfum et le rire ?

Un frisson parcourt sa colonne vertébrale et se disperse à la base de son crâne. Cette question le pousse vers un abysse qui l'effraie, qu'il accepte de voir de loin mais qu'il ne veut pas approcher. Pourtant, il ne peut s'empêcher de se demander :

Où es-tu passée ? Pourquoi ai-je fermé cette boîte ? Serai-je un jour capable de l'ouvrir ?

Le veut-il vraiment ?

Ces pensées l'incitent à chercher la compagnie de Michele. Lui n'a pas besoin de boîte, et parle assez librement de sa mère défunte. Il sait où le trouver. Chaque soir, l'enfant joue sur la place de l'église.

Michele est bien là et il court vers Michelangelo quand il l'aperçoit.

« Tu es venu pour que je te parle de ma maman, c'est ça ?

– Oui, je crois.

– Allons nous asseoir sur les marches de l'église ! »

Et, comme tous les autres villageois, ils y vont. Michele entame son récit :

« Elle vient me voir la nuit, parfois juste pour me caresser les cheveux, mais le plus souvent pour me raconter une histoire. C'est bizarre, parce qu'avant elle le faisait très rarement. De temps en temps, elle venait quand nous étions tous couchés dans le grand lit. On adorait ces moments-là, même ma grande sœur se taisait ! »

Michele rit. Il a su garder sa joie.

Où est la mienne ?

L'enfant continue :

« La nuit dernière, elle est venue me raconter une histoire que j'aime beaucoup : la légende de Carrare. Tu la connais ?

– Non.

– C'est l'histoire d'un homme qui vivait, il y a très très longtemps, dans une grotte de la montagne. Il passait son temps à se promener, à pêcher. Un jour, une sirène perd le chemin de la mer, suit un ruisseau et se retrouve sous une cascade de la colline. L'homme est là. Ils se regardent et s'aiment aussitôt. La sirène s'installe avec lui dans sa grotte. Une sirène, c'est quoi pour toi ?

– Une femme avec une queue de poisson.

– Exact, mais en plus, elles ne vieillissent pas ! Après de nombreuses années, l'homme est devenu un vieillard et elle est toujours aussi jeune. Pendant tout ce temps, la mère de la sirène a cherché sa fille dans les océans, jusqu'au jour où un dauphin remonte aussi le ruisseau. Il la trouve à côté du vieil homme endormi. Le dauphin lui dit : "Ta mère te cherche partout ! Que fais-tu avec cet homme si vieux ?" La sirène lui répond : "Avant, il était jeune ! Et puis, je l'aime, je veux rester près de lui." Le dauphin insiste : "Viens avec moi, rejoins ton royaume de la mer ! Sinon, dans quelque temps, tu l'enterreras et tu seras bien seule !" La sirène regarde l'homme allongé près d'elle et le voit tel qu'il est : vieux et malade. Elle se décide alors à suivre le dauphin. Mais, avant qu'ils n'aient pu atteindre la mer, Dieu les arrête. Il demande à la sirène : "Pourquoi l'as-tu abandonné ? – Parce que c'est un vieillard !" Pour la punir de sa frivolité, Dieu transforme aussitôt la belle et le dauphin en marbre. »

Michele se tait quelques instants, puis reprend :
« L'histoire est finie. Elle t'a plu ?
– Oui, beaucoup.
– Ta maman te racontait des histoires ?
– Je ne sais pas, j'ai oublié.
– Mais, on ne peut pas oublier ça !
– Si, tu vois, j'ai tout oublié. Même son visage. »
Michele le regarde, effaré, et éclate en sanglots.
« Pourquoi pleures-tu ?
– Je ne voudrais pas que ça m'arrive !
– Tu te souviendras de tout. Je le sais. »

Lorenzo

Les jours suivants, Michelangelo travaille avec acharnement, tête baissée, sans jamais regarder les heures, sans souffrir un seul instant de la brûlure du soleil. Choisir les blocs, ne pas se tromper, s'assurer qu'ils sont de la bonne taille, qu'ils contiennent la sculpture entière. De grandes sommes d'argent sont en jeu, sa réputation aussi.

Le soir venu, il est fourbu. L'heure de marche qui le sépare de la carrière est le moment où il vide son esprit de toutes les mesures, de tous les pourparlers, de toutes les résistances de la journée.

Quand il redescend avec d'autres carriers, l'humeur est à la joie, à l'humour, aux éclats de rire sincères. Quand il chemine seul, ses pas le portent à l'orée des arbres, où ses pensées passent du marbre au soleil couchant, des bœufs aux jurons de Topolino.

Lorsqu'il entre enfin dans sa chambre et ouvre en grand les battants de sa fenêtre, le crépuscule est déjà cramoisi, et les moustiques nombreux.

Lors de l'une de ces soirées, alors que le repas de Maria est depuis longtemps englouti, son regard se pose sur les trois livres qui sont sur sa table : Pétrarque, le bible d'Andrea et son carnet de croquis.

La bible n'a pas encore été ouverte. Il feuillette les canzones de temps à autre. Michelangelo se souvient comme si c'était hier du jour où Lorenzo de Medici le lui a offert. C'était lors d'une entrevue que le Magnifique lui avait accordée dans son *studiolo*, son petit bureau privé. Mais avant cela, il y avait eu leur première véritable rencontre dans le jardin de Bertoldo quand Michelangelo, adolescent, sculptait, en marbre et à la manière antique, une tête de satyre. L'œil averti de Lorenzo s'arrêta net devant le visage parfaitement exécuté. Il dit, en souriant, au jeune homme intimidé :

« Casse-lui une ou deux dents et on le prendra alors vraiment pour une antiquité ! »

Michelangelo s'exécuta aussitôt et Lorenzo, impressionné par la dextérité du jeune sculpteur, l'invita à sa table, ainsi qu'à venir dans son *studiolo* pour philosopher.

Michelangelo s'y rendit plusieurs fois, la curiosité en éveil, persuadé de pénétrer le cœur du savoir et du pouvoir. Il ne se trompait pas, Lorenzo était non seulement le maître, mais aussi l'un des hommes les plus instruits de Florence.

Un jour, il tendit au jeune sculpteur le petit exemplaire de Pétrarque en lui disant :

« Tu verras, le poète décrit l'amour et la mort avec un verbe si maîtrisé qu'on le croirait presque divin. Je te souhaite de pouvoir, comme lui, exprimer l'essence même de tes œuvres, d'en ôter tout artifice. »

Michelangelo avait balbutié des remerciements et pendant longtemps n'avait pas osé lire le livre tant il s'en sentait indigne.

Quinze ans plus tard, le sculpteur se demande s'il sait maintenant prendre le recul nécessaire ou si, au contraire, il se perd de plus en plus dans les méandres de sa pietra viva. La réponse ne fait aucun doute, il s'y égare toujours autant et les années ne semblent pas améliorer les choses. Il essaie pourtant de dominer chaque élément, il connaît, par exemple, les moindres détails du tombeau de Jules II. Michelangelo dessine croquis sur croquis, jusqu'à être sûr de lui. Il laisse ensuite le temps passer sur ses dessins et revient vers ses esquisses avec un œil neuf pour juger de la qualité de ses idées, et n'hésite pas à recommencer si nécessaire.

Le tombeau sera une des œuvres maîtresses de sa vie. L'envergure de cette commande lui permettra d'exprimer tous les aspects de son talent : de la conception jusqu'aux sculptures, en passant par le choix du matériau, ce marbre si précieux, le *statuario.* Il aura enfin la gloire qu'il mérite. Car, s'il s'est fait remarquer par les amateurs éclairés grâce au David et à la pietà, il rêve d'une consécration plus éclatante, accompagnée de ducats sonnants et trébuchants. Au fond de lui-même, il sait qu'il est le seul à posséder une connaissance parfaite de la matière alliée à une imagination puissante. Une puissance sensible, une androgynie créatrice qui lui est propre et qui le rapproche de Plotin et de ses *Énnéades*, dont la lecture à voix haute par Pico della Mirandola autour de la table de Lorenzo reste à tout jamais gravée dans sa mémoire. Pico, n'était-il pas, lui aussi, l'incarnation absolue de cette féminité faite homme ? Ses traits délicats, ses cheveux longs et ondulés, ses mains si fines laissaient chez les autres l'impression indéfinissable d'un équilibre parfait entre le masculin et le féminin.

Le visage d'Andrea surgit du flot des souvenirs. Non, lui était un homme vigoureux et jeune, plein de force, de fraîcheur, au regard étonné, si bleu. Un bleu dans lequel Michelangelo pourrait se perdre à l'infini. Le lapis du manteau des madones, du ciel ensoleillé.

Sans s'en rendre compte, Michelangelo tend la main et prend la petite bible. Il hésite un instant, mais déjà il caresse sa reliure douce, si douce.

Michelangelo ferme les yeux et ouvre ses paumes. Et quand il ose enfin poser son regard sur les phrases qui dansent devant lui, il reconnaît aussitôt le début de l'Évangile de Jean. Il observe d'abord longuement l'enluminure qui le précède. Le bleu dont elle est rehaussée est aussi celui des yeux d'Andrea.

Andrea, mes mains caressent le cuir là où les tiennes ont laissé leur empreinte. Ce cuir est la peau du souvenir.

Soudain, l'attention du sculpteur est attirée par autre chose. Sur cette page, des mots sont soulignés d'une plume fine, à peine tremblante.

« Et le Verbe s'est fait chair et Il a habité parmi nous. »

Le Verbe

Michelangelo tremble. La bible tombe et percute le plancher. Son émotion vient de ce trait vivant d'Andrea mort. De cette preuve tangible de son existence. De son choix aussi, d'avoir voulu mettre en exergue cette phrase si simple et si profonde qui, à l'aube de l'aube, incarnait le Verbe.

Il reprend précipitamment le petit livre et cherche frénétiquement la page. Elle est là. Il lit et relit, caresse du bout des doigts les mots soulignés. Y en a-t-il d'autres ?

Quelques pages plus loin, la plume fine d'Andrea souligne ce qui suit :

« Celui qui mange ma chair et boit mon sang demeure en moi et moi en lui. »

Et encore :

« Cette parole est rude ! Qui peut l'écouter ? »

Le souffle de Michelangelo est court. Andrea a-t-il choisi ces mots pour leur simple beauté ? Ou a-t-il voulu les relier entre eux pour leur donner un sens ?

Il se demande même si ce n'est pas pour lui délivrer un message. Il se remémore les paroles de frère Guido lors de leur dernière rencontre à la morgue. Qu'avait-il dit exactement ? Quelque chose comme :

« Il a laissé cela pour vous. » Andrea avait donc expressément demandé que cette petite bible lui soit remise.

Michelangelo s'aventure déjà trop loin. Son esprit est trop rationnel pour croire à une telle éventualité.

Sculpteur, ressaisis-toi ! Ta pensée te joue des tours !

Il ferme la bible, la repose précautionneusement sur la table et boit une longue rasade de vin rouge avec l'espoir que la griserie de l'alcool le ramène à la raison.

Il se couche et s'endort aussitôt.

Le lendemain matin, sur le chemin de la carrière, alors qu'il s'efforce d'oublier la plume d'Andrea, il rencontre Michele qui accompagne son père. L'enfant rejoint le sculpteur.

« Aujourd'hui, je vais à la carrière ! C'est si rare, je suis content. Tu me racontes ce que tu y fais, toi ?

– Je choisis les blocs de marbre pour le tombeau du Pape.

– Il est mort ? »

Michelangelo sourit et lui répond :

« Non, c'est en prévision. Il le commande de son vivant pour être sûr que le résultat lui conviendra.

– C'est bizarre comme idée... Et alors, tu les as trouvés, les blocs ?

– Presque tous. Il en faut beaucoup, tu sais. Le tombeau sera sur deux étages, comme une maison sans toit. Le tout entouré de colonnes, de fenêtres, de niches et de sculptures. À l'intérieur de ces murs, il y aura la tombe à proprement parler où l'on déposera le corps du Pape. Tu vois, il me faut beaucoup de marbres et je dois les choisir en sachant à quelle partie ils correspondent.

– Comment fais-tu ? »

Michelangelo regarde l'enfant et lui répond d'un ton fourbe :

« Je vois tout ce qui se cache à l'intérieur des pierres.

– C'est vrai ? Tu me montreras quand on sera en haut ! »

Une fois arrivé, Michelangelo se prête à l'exercice. En désignant les blocs regroupés près des *rifiuti*, il explique à Michele qu'ils sont destinés aux ornements architecturaux, parce que le marbre est d'une moins belle qualité. Il poursuit :

« Par contre, ceux que tu vois là-bas sont pour la statuaire. À l'intérieur, il n'y a pas de veines, je le sais. À leur forme, je peux voir les personnages qui s'y cachent. »

Michele lui en montre un :

« Dans celui-là, il y a quoi ?

– Un homme qui se tord pour essayer de se dégager du marbre. Avec mon ciseau, j'enlève peu à peu la pierre. Je me rapproche de lui jusqu'à ce qu'il puisse en sortir.

– Mais alors, la montagne est pleine de personnages qui attendent ?

– Je ne l'ai jamais regardée comme ça, mais maintenant que tu le dis, je crois que tu as raison.

– La nuit, tes personnages prennent vie ?

– Bien sûr, une fois dégagés, tout ce qu'ils veulent, c'est bouger ! »

Michelangelo se moque gentiment de la crédulité de l'enfant sans se douter que Michele suit une idée bien précise :

« Alors, s'il te plaît, fais une sculpture de ma maman ! »

Le regard de l'enfant est suppliant.

« S'il te plaît, puisque tu peux faire vivre la pierre, fais une sculpture d'elle ! »

Et Michelangelo, pris au piège de l'innocence, ne trouve rien à lui répondre.

La galette

Il y a d'abord l'odeur. En entrant le soir dans la maison de Maria, Michelangelo est surpris par le fumet d'un plat, qu'il trouve simplement délicieux. Il porte en lui quelque chose de familier qu'il ne pourrait définir. Toute la maison est envahie par ce parfum qui, depuis la cuisine du rez-de-chaussée, s'élève vers les étages et vient chatouiller les narines du sculpteur.

Quelques instants plus tard, Maria entre dans la chambre en s'exclamant :

« Maître, ce soir, je vous ai préparé une spécialité bien de chez nous !

– Merci, Maria, tu peux tout poser sur la table. »

Il lui répond depuis la fenêtre où, chaque soir, il s'accoude pour contempler le jour qui s'évanouit.

Maria s'en va discrètement. Après ce premier soir où elle a tenté de lui poser une question personnelle, elle ne lui demande jamais rien. Le strict nécessaire que la politesse exige. Pour le reste, elle a compris que Michelangelo était de ceux qui s'accommodent parfaitement de la compagnie du silence.

Lorsqu'il s'attable, le sculpteur entend son pas léger descendre l'escalier. Sur le bord de son assiette, des petits bouts de galette jaune luisants d'huile sont soigneusement alignés. Il en prend un. Le goût se propage dans sa bouche et ses papilles le portent vers la grande cuisine familiale de son enfance. Celle dans laquelle sa mère n'entrait que pour préparer cette même galette.

Soudain, Michelangelo est assis sur les grandes dalles. Il a quatre ou cinq ans. Sa mère lui donne une bouchée brûlante. Son visage est encore flou, mais il entend sa voix lui dire :

« De la farine de pois chiche, de l'eau, de l'huile, du thym et de l'amour. Tellement d'amour. »

Son rire retentit à nouveau.

La saveur comme troisième souvenir.

Du haut de son perchoir,
Il tombe sur le sol de son enfance.
La main si délicate
Lui parle d'aromates et d'amour.
Il l'entend, la sent, la goûte.
Quand la verra-t-il ?

Le rêve

Michelangelo dévore la galette et n'en laisse pas une miette. Il ne mange rien d'autre pour ne pas souiller le goût sacré qui explose dans sa bouche. Il se couche, les papilles enflées de plaisir, le corps obnubilé par l'espoir de la voir.

Les premières images du rêve sont heureuses. Andrea ne revêt pas de soutane, mais de seyants habits de ville : des chausses sombres de belle facture et une veste de velours chatoyant. Andrea, plein de grâce, se promène dans le jardin d'enfance de Michelangelo.

Le printemps est là, les fleurs irisent le vert tendre de l'herbe. Tout en marchant et en riant, Andrea parle à quelqu'un. Michelangelo ne voit pas encore l'autre personnage, mais n'a aucun doute sur son identité. C'est elle.

Pour l'instant, il ne perçoit que la joie du jardin enchanté. Et cette brise légère le porte au temps d'avant, juste avant. Quand il était aimé d'elle et qu'il la voyait dans toute sa beauté.

Elle est assise sur un banc de pierre à l'ombre du laurier rose. Michelangelo voit sa longue chevelure brune qui recouvre ses épaules et une partie de son dos.

Dans son sommeil, le sculpteur tend la main. La toucher un instant pour retrouver la saveur de l'insouciance. Un simple geste qui lui rendrait ses souvenirs et une partie de sa vie. Mais la main de Michelangelo ne touche que le vide de la nuit.

Andrea s'approche de la dame brune et l'invite à quelques pas de danse. Elle accepte en riant.

Ce rire retrouvé maintenant gonfle le cœur du sculpteur.

Elle prend la main d'Andrea et, dans ce jardin où le printemps s'ébouriffe, ils s'élancent. Deux jeunes gens vivants qui foulent l'herbe au rythme du bonheur. Ils tournoient sur eux-mêmes sans s'essouffler. La danse du rêve semble infinie.

Michelangelo aimerait les arrêter pour leur dire :

« Attendez ! Ralentissez, que je puisse voir vos visages ! Vous reprendrez juste après. Laissez-moi profiter de vos regards ! Donnez-moi cette joie ! »

Mais, comment l'entendraient-ils ? Leur jardin, si proche de l'Éden, est aussi celui de son enfance. Sa voix ne les atteint pas. Elle reste clouée à son oreiller. Il suffoque dans son sommeil.

Sa chevelure à elle virevolte. Michelangelo ne voit que les boucles brunes suivre un rythme effréné. La soie de sa robe accompagne ses mouvements. Elle est un trait coloré qui se meut sur l'horizon du ciel.

Leurs rires et leurs voix résonnent dans le rêve de Michelangelo. Images idylliques d'un bonheur oublié. Il soupire de ravissement.

Soudain, la voix d'Andrea s'élève du tourbillon de leurs corps :

« Et le Verbe s'est fait chair et Il a habité parmi nous. Celui qui mange ma chair et boit mon sang demeure en moi et moi en lui. Cette parole est rude ! Qui peut l'écouter ? »

La belle à la longue chevelure brune reprend avec lui en chœur. Leurs pas scandent ces phrases qu'ils répètent à s'en étourdir. Et la joie avec laquelle ils s'expriment est si loin du sens profond de leurs paroles que le contraste en est troublant, inquiétant.

Le rêve se transforme. Michelangelo s'agite, se retourne, pousse un léger grognement.

Quelques instants plus tard, dans un grand éclat de rire, les deux danseurs s'immobilisent. D'un geste gracieux, elle l'invite à la suivre à l'intérieur de la maison. Ils sont maintenant dans la cuisine où s'est échoué le troisième souvenir de Michelangelo. Dans le rêve, aucun détail n'est omis : le carrelage de pierre irrégulier, les petites fenêtres, la grande table de bois et ses bancs, l'immense cheminée. Tout est là comme jadis.

Michelangelo retient un sanglot.

La galette est fumante sur la table. Son parfum traverse les années, l'inconscience et le sommeil. Sa saveur envahit la bouche de l'enfant d'alors et de l'homme aujourd'hui endormi.

Andrea s'est servi. Il découvre la galette dont l'ingrédient secret est cet amour maternel sans visage. Il s'exclame :

« C'est aussi bon que ma chair et mon sang ! »

Et la belle femme brune, ravie du compliment, lui répond :

« Viens, je vais te donner une autre bouchée ! »

Mais à l'instant où il s'approche, elle plaque sa main sur la figure du jeune homme et, d'un geste brusque, lui arrache le visage. Ses traits disparaissent. Ses boucles blondes n'encadrent plus qu'une peau vierge, dispensée d'yeux, de nez et de bouche. Une peau lisse de tout, maintenant estompée comme la sienne à elle.

Le silence les fige. Plus une trace de gaieté, de parfum, de danse ni de saveur. Simplement l'oubli.

Michelangelo se réveille en hurlant :

« Non ! »

La vérité

Michelangelo ne se rendort pas. Impossible. Il suffoque à l'idée que se soit effacée de sa mémoire le visage d'Andrea. Dans l'obscurité de sa chambre, il bégaie :

« Andrea, reste... »

Il cherche la bougie. Naïvement, il pense que s'il fait de la lumière dans sa chambre, elle se fera aussi dans son esprit. La flamme vacillante éclaire ce qui l'entoure, mais tout est laid. Rien ne ressemble au jardin béni. La chaise et la table en bois sont usées, la cheminée est sale. Il souffle aussitôt la bougie qu'il vient à peine d'allumer.

Il pose ses paumes sur ses yeux et sent, dans sa gorge, un sanglot prêt à s'échapper.

Pourquoi me poursuivez-vous ?

Michelangelo est maintenant accoudé sur son lit, les draps défaits. Il fixe les gardiens de l'ombre et les interpelle :

« Pourquoi m'amener si doucement vers le bonheur de ces années-là pour ensuite tourner le couteau dans la plaie de l'oubli ? Je ne veux plus rien savoir de leurs visages. Je vis sans eux. Ils m'ont abandonné. Elle et lui. Ils m'ont laissé seul sur le carrelage froid. Eh bien, j'y reste, je l'accepte. Mais qu'ils n'essaient plus de m'approcher ! »

Michelangelo se rallonge, épuisé. Il transpire, se demande s'il ne devient pas fou. Les carriers l'avaient prévenu : « Si tu restes trop longtemps ici, prends garde. La montagne et la mer sont si proches que les vents de l'une se cognent sur l'autre. À force de fouetter les esprits, les rafales les emportent. » Les carriers ont pour tout une réponse ou un dicton.

Il hausse les épaules et ricane presque :

« Ils sont tous fous et moi avec eux ! »

Il passe le reste de la nuit dans un demi-sommeil. Quand il s'assoupit un peu plus profondément, surgissent des bribes de phrases d'Andrea, quelques pas de danse. Sa conscience alerte ne manque jamais de le réveiller :

Andrea, je veux revoir ton visage...

Mais la nuit de sa chambre reste impénétrable et sa mémoire, paralysée par son rêve, ne parvient pas à retrouver la beauté du jeune homme.

Il ne se rendort qu'aux premières heures de l'aube et, lorsque les cloches le sortent de sa torpeur, il est en retard pour se rendre à la carrière.

Quel imbécile ! Au lieu de profiter de mes nuits pour me reposer, il faut que j'aille à la chasse aux souvenirs ! J'ai un travail trop important à accomplir ici pour perdre mon temps ainsi.

Michelangelo se dépêche. Quand il traverse la place et voit Michele courir pour le rejoindre, il sent la colère monter en lui.

« Alors, quand feras-tu la sculpture de ma maman ? »

Le sculpteur, à bout, ne parvient pas à retenir sa rage :

« Que fais-tu encore ici à toujours barrer mon chemin ? Crois-tu vraiment que ta mère m'intéresse ? Et toi, petit gamin de rien du tout, n'as-tu pas compris que je ne te parle que pour te faire plaisir ? Rentre chez toi ! Retourne avec les tiens qui te ressemblent ! Tu ne comprendras jamais rien, ni à mon monde ni à ce que je dois accomplir. Va-t'en, et ne me parle plus jamais ! »

Les larmes coulent sur les joues rebondies de l'enfant. Et, dans un sanglot mêlé de colère, il lui répond en criant :

« Pourquoi rabaisses-tu toujours les autres ? Qu'est-ce qui te fait croire que ce qu'il y a à l'intérieur de tes blocs est si important ? Et puis, pourquoi ça le serait plus que ma tristesse à moi ? Pourquoi avoir fait semblant ? Tu te crois supérieur, mais la vérité c'est que tu n'as pas de cœur et que tout le monde se moque de tes personnages ! »

L'enfant s'enfuit, les poings serrés.

La rage du sculpteur cède à l'abattement. Il entre dans l'église et s'assoit sur l'un des bancs. Il regarde l'immense Christ en bois qui, cloué sur sa croix, surplombe tout l'édifice. Une prière le soulagerait peut-être, mais il n'en a pas envie.

Andrea, où es-tu ? Reviens.

Le simple fait de penser à Andrea ressuscite soudain son visage.

Je ne t'ai pas oublié !

25 août 1505

Frère Guido, serviteur de Dieu,

Comment peuvent cohabiter en moi les certitudes d'être à la fois génial et misérable ?

Les deux mendiants

Maria frappe à la porte. Michelangelo plie précipitamment la lettre, la range dans son carnet, et invite la jeune femme à entrer.

« Maître, je m'excuse de vous déranger, mais des villageois vous attendent pour vous parler. »

Le sculpteur s'inquiète, il n'aime pas que les autres aient des choses à lui dire.

« Que me veulent-ils ?

– C'est à propos de Cavallino, je crois.

– Très bien, je les rejoins. »

Tout en descendant l'escalier, il lisse ses cheveux et sa barbe pour se donner une contenance. En bas, cinq hommes discutent. Leurs mains, dans un ballet silencieux, prolongent leurs dires.

« Je suis là. Que se passe-t-il ?

– Venez vous asseoir autour de la grande table, nous allons vous expliquer. »

Maria apporte un pichet de vin rouge. Ils trinquent en silence jusqu'à ce que l'un d'eux se décide à parler.

« C'est Cavallino, il ne va pas bien.

– Que lui arrive-t-il ?

– On pense que c'est à cause de sa jument... »

Certains ne peuvent se retenir de glousser.

« Si c'est pour vous moquer de lui que vous êtes là, je retourne dans ma chambre. Je n'ai pas de temps à perdre. »

L'homme reprend :

« Il a raison. Arrêtez de ricaner ! Cavallino, nous l'aimons tous. Voilà ce qui se passe : pendant quelques jours, il a erré dans le village, très triste. Puis il est venu nous voir, tour à tour, pour nous dire que la jument blanche allait mal, qu'il avait peur qu'elle meure. Est-ce qu'il vous en a parlé ? »

Michelangelo s'impatiente :

« Non. De toutes les manières, qu'est-ce que je pourrais y faire ?

– Nous avons remarqué qu'il vous faisait confiance, qu'il vous écoutait...

– Et qu'est-ce que vous voulez que je lui dise ?

– Qu'elle n'est qu'une jument et qu'il en trouvera d'autres ! »

Les ricanements reprennent de plus belle. Michelangelo se lève brusquement.

« Je n'ai vraiment rien à faire avec vous ! Bonne soirée, messieurs. »

Puis il se ravise. Et s'il obtempérait ? Simplement pour ne pas ajouter à sa réputation d'irascible.

Alors qu'il est déjà sorti de la salle, il revient vers eux en disant calmement :

« J'irai, mais j'irai seul. Indiquez-moi où il se trouve.

– Merci, maître, nous vous accompagnons jusqu'à chez lui, puis nous vous laisserons. »

Le petit groupe est maintenant dans la rue. Il fait déjà nuit. Michelangelo remarque que les jours déclinent plus vite et que la fin de l'été approche.

Combien de temps vais-je rester encore là ? Quand en aurai-je fini avec ce marbre ?

Les hommes le mènent dans un endroit du village où il ne s'était jamais rendu auparavant. Après les écuries, dans une petite ruelle, ils s'arrêtent devant une maison complètement délabrée.

« C'est là ! Sa mère vit à l'étage, et lui au rez-de-chaussée avec des compagnons de fortune.

– Merci, vous pouvez partir maintenant. »

Et les hommes s'éloignent, lui laissant une petite lanterne.

Michelangelo frappe à la porte. Pas de réponse. Il frappe encore, espérant que le destin lui accordera l'absence de Cavallino. Il frappe une dernière fois. Un grognement provient de l'intérieur.

« C'est Michelangelo, j'aimerais parler à mon ami Cavallino. »

Nouveau grognement.

Michelangelo entre. La pièce est plongée dans le noir. La lanterne qu'il tient dans sa main forme un petit halo tremblant. Une voix qu'il ne connaît pas lui s'adresse à lui :

« Ici, on n'a pas de bougie. Rien, à part les rats... »

Le sculpteur fait quelques pas, ses yeux s'habituent à l'obscurité. La pièce est toute petite. De la terre battue qui recouvre le sol s'élève une odeur âcre d'urine et de vin. Le sculpteur distingue maintenant trois silhouettes couchées sur de la paille. Il s'approche de l'une d'elles. C'est un homme qui dort en serrant dans ses bras un petit sac de blé d'où s'échappent quelques épis. Un peu plus loin, un autre le regarde. C'est celui qui l'a interpellé à son entrée et qui poursuit :

« Ton ami ne parle à personne. Il ne se lève plus. Je crois qu'il veut mourir. Il a bien raison. Ici, on a une vie de chien. »

Cavallino, que l'on croyait muet, répond dans un souffle :

« Justement, lui en est un, de chien. »

Michelangelo ignore l'ivrogne et rejoint son ami.

« Que t'arrive-t-il ? Il paraît que ça ne va pas.

– Qui te l'a dit ? Les loups ?

– Oui, mais ils te veulent du bien, tu sais. Ils ne seraient pas venus me chercher sinon. »

Ils se taisent. On n'entend plus que les ronflements de celui endormi. L'autre doit les observer, mais la lumière de la lampe est trop faible pour que Michelangelo le voie. Il s'assoit près de la couche de son ami. Il sent aussitôt l'humidité du sol pénétrer ses habits et coller à sa peau.

« Cavallino, parle-moi.

– C'est ma jument blanche, elle ne va pas bien. Elle s'est beaucoup affaiblie ces derniers temps. C'est allé très vite. J'ai peur de retourner la voir, alors je reste ici. »

Après un long silence, il murmure :

« Je voudrais mourir avant elle. »

Michelangelo lui agrippe le poignet :

« Ne meurs pas, s'il te plaît. Ne meurs pas. »

L'arbre

Michelangelo parle encore un peu avec Cavallino, mais ce dernier ne répond plus que par monosyllabes. Avant de s'en aller, le sculpteur caresse une dernière fois sa main.

« Je suis là, ne l'oublie pas. »

Puis il se lève, salue les deux mendiants, et rejoint la place de l'église, précédé par la petite lumière de la lanterne qui vacille à chacun de ses pas. Arrivé devant la maison de Maria, il éteint la flamme et regagne sa chambre.

Il enlève ses chausses et se couche, l'esprit lourd. La mort ne le lâche pas. Elle semble même le poursuivre. À travers ses rêves et ses fantômes, à travers le désespoir des autres. Et lui ? A-t-il déjà pensé à porter atteinte à ses propres jours ? Jamais, pas un seul instant. Son désir de vie, lié à son esprit créatif, ne lui laisse d'autre choix que d'avancer, de continuer et, sur le chemin, de parfois oublier.

Michelangelo fixe le noir de sa chambre. Il a peur de s'endormir, d'être rattrapé par les âmes vagabondes de ceux qu'il a aimés. Il pense à la petite boîte dont la clé rouille au fond du puits. Sans s'en apercevoir, ses paupières se ferment par intermittence, puis complètement, isolant son esprit du monde extérieur, le plongeant au chaud de sa chair.

Le premier sommeil du sculpteur est paisible, profond, mais lorsque les lueurs du jour viennent frapper ses volets, il s'agite. Ses muscles se raidissent.

Il voit d'abord la grande prairie à flanc de colline. La lumière est douce, une légère brise caresse les fleurs sauvages qui la recouvrent. La jument n'est pas là. Tout est vide. Au loin, il y a le chêne.

L'esprit de Michelangelo se rapproche de l'herbe. Il voit parfaitement chaque brin, chaque tige. Il est comme un insecte qui viendrait se poser sur l'un, puis sur l'autre. Il est plus léger que le vent. Passant ainsi d'une herbe à l'autre, il se rapproche de l'arbre et, quand il le voit distinctement, il s'aperçoit qu'une longue liane de fleurs est accrochée à l'une de ses branches. Elle ressemble à un tissu léger qui frémit aux caprices de la brise.

Michelangelo s'approche encore. Il distingue maintenant nettement ce qu'il prenait pour un étendard fleuri. C'est Cavallino, pendu à la plus haute branche. Son corps se balance d'un côté, puis de l'autre. La longue écharpe bleue qu'il a nouée autour de son cou s'envole.

Le sculpteur écarquille les yeux, s'extrait du rêve en un instant, se lève, oublie de mettre ses chausses, descend l'escalier. Il est déjà sur la place. Pieds nus, il court vers la ruelle. Il se perd, jure. Soudain la retrouve. Sans frapper, il entre. La lumière du jour éclaire maintenant assez la pièce pour qu'il s'aperçoive que Cavallino est parti, laissant les deux mendiants endormis.

Michelangelo comprend aussitôt son erreur. Pourquoi n'est-il pas allé directement à la prairie ? Comment a-t-il pu se méprendre alors que son rêve était si clair ?

Il repart aussi vite qu'il est arrivé, traverse le village, prend les chemins de terre, ne s'essouffle pas un instant, ne ressent aucune douleur lorsque ses pieds se blessent sur les cailloux coupants. Michelangelo est porté par l'espoir fou de retrouver Cavallino à temps, de le sauver ou, mieux encore, de s'être trompé. Ils riraient alors ensemble de son rêve absurde.

Toucher Cavallino. Sentir ses veines irriguées.

La prairie est maintenant à portée de vue. Il enjambe la barrière de bois. Au loin, le chêne. Une silhouette, à côté, qui se perd dans le feuillage. Michelangelo ne voit pas bien encore. Il court plus vite, se rapproche. Bientôt, il distingue nettement la jument couchée au pied de l'arbre. Cavallino est debout près d'elle. Il pleure.

Michelangelo crie de joie :

« Je suis là ! »

De peur qu'il ait encore le temps de commettre l'irréparable, il poursuit :

« Attends ! Ne fais rien ! Ne bouge pas ! »

Il arrive complètement essoufflé. Cavallino n'a pas bougé, pas même remarqué sa présence. Il s'accroupit alors à côté de la jument morte et lui caresse la crinière.

Michelangelo n'ose plus avancer, il se sent comme un intrus. Il hésite même à repartir. Son ami est là, vivant. Son rêve n'a été qu'un cauchemar. Rien de prémonitoire. Cavallino devine ses pensées :

« Reste. »

Michelangelo s'accroupit lui aussi et effleure la robe de l'animal.

« Après ton passage à la maison cette nuit, je suis venu ici. Il était tout juste temps. Elle s'était adossée au chêne. De loin, éclairée par les rayons de lune, elle ressemblait à une dame vêtue d'une longue robe blanche. Une dame qui dansait avec l'arbre. Je l'ai enlacée et elle s'est effondrée là.

– Elle t'attendait.

– Oui, je crois. »

Cavallino s'allonge près d'elle.

« Tu peux repartir au village. Ne crains rien pour moi.

– Je comprends. »

Michelangelo s'en va. Alors qu'il n'a fait que quelques pas, Cavallino lui dit :

« Merci. Grâce à toi, je suis venu ici. Elle ne m'aurait pas attendu plus longtemps.

– Tu es en vie », murmure le sculpteur.

Le regard de Michelangelo est d'une infinie douceur. Lui, habitué à la densité du marbre, ne pensait pas pouvoir un jour porter une telle légèreté.

Dans la lumière de l'aube, l'homme aux pieds nus fend le vent, le cœur ébloui de bonheur.

La robe

Michelangelo comprend maintenant parfaitement ce que lui disait Cavallino à propos du ciel. C'est ce qu'il ressent à cet instant précis : fouler les nuages, le corps aussi léger qu'une plume.

Il ne veut pas rentrer trop vite au village. Il se doute que cette sensation sera fugace. Alors, près du chemin, il s'allonge sur le ventre, le visage blotti dans l'herbe ruisselante de rosée. La chaleur qui se répand soudain dans son ventre lui procure un bonheur profond, proche de ce qu'il imagine être la béatitude originelle.

« Où es-tu ? Comme j'aimerais te voir. Tes bras devaient me donner la même joie. »

Il parle à celle dont il ne prononce pas encore le nom. Elle n'est plus très loin maintenant.

De la robe blanche de la jument et de l'écharpe bleue de Cavallino naît une autre robe. Elle est en velours brodé de soie. Sa couleur est cramoisie. Et l'enfant, si heureux de retrouver sa mère après des semaines passées chez sa nourrice, court vers elle, puis enfonce son visage dans le précieux tissage. Ses mains s'agrippent, caressent, froissent. Il fait de ses paumes les découvreuses éclairées du monde maternel.

Michelangelo enfant est subjugué d'amour, il sculpte de ses petites mains les épaisseurs successives de tissus. Ses doigts savants n'oublieront jamais l'émotion frémissante de ces instants.

Le toucher comme quatrième souvenir.

L'enfant porté par sa joie
Dévale le chemin de pierres,
Il y abandonne peurs et jouets
Pour plonger dans l'étreinte chaude
De la robe adorée qui grave sur sa joue
Ses arabesques brodées.

Début septembre de la même année

Après des jours où j'ai oscillé entre joie et peur, je continue ma lettre.

La danse à côté du gouffre. La joie d'être en vie, de ressentir le rire éclore en moi. Le bonheur que j'ai éprouvé, face contre terre, après avoir retrouvé Cavallino. Lui qui était resté, qui ne m'avait pas abandonné. La joie d'être seul et pourtant plein des autres, de leurs images, de l'impatience que j'ai à tous les créer, les modeler, les dessiner. Leur rendre vie grâce à mon ciseau, à mon trait. Je suis le bloc de marbre, je contiens le corps d'un autre. Il lutte pour s'extirper, pour être celui qui sera à l'air libre, qui prendra la forme d'une sculpture pour toujours. Ils sont si nombreux à l'intérieur de moi. Je suis eux.

Tout jeune déjà, j'avais la certitude d'être multiple. Pas un, pas deux, mais des centaines. Et ce n'est pas un hasard si l'une de mes premières sculptures est la Bataille des Centaures. C'est la meilleure représentation de ce qui m'habite, et j'ai voulu l'exprimer aussitôt que le marbre et le ciseau me le permirent, comme pour dire aux autres : voici mon paysage intérieur. Parfois, je l'accepte, mais le plus souvent cette foule m'ensevelit, me piétine, et je plonge dans ma peur inépuisable de la mort. Elle est le gouffre autour duquel je danse.

La peur me guette et me surprend entre chien et loup. Je la ressens dans le ventre, le souffle court, je m'enfonce dans l'abysse du silence, du rien où tout ce qui a été tenté disparaît. Mes muscles se détendent et, pendant un instant, je perds connaissance, englouti par l'inconnu, par l'impensable. Puis, je reprends mes esprits en me demandant si, le moment venu, la sensation sera la même, si la souffrance sera là ou si, au contraire, je céderai à l'éblouissement.

Frère Guido, je vous le confesse, je ne veux pas croire pour simplement ne pas avoir peur. Ce serait une offense faite à Dieu.

J'aimerais d'abord accepter de revenir à cette terre qui m'a enfanté. Y rejoindre ceux que j'ai aimés pour, de l'intérieur, nourrir les arbres. Retourner ainsi à la sève de la vie et n'être plus qu'un souffle qui danse au-dessus du gouffre.

Votre toujours dévoué,
Michelangelo Buonarroti

Luna

Michelangelo n'a pas vu Michele depuis plusieurs semaines. Il a pensé chaque jour à aller le voir, mais il ne l'a pas fait. Il attend de le croiser pour lui expliquer son emportement et lui donner alors une bonne raison, même si elle est inventée.

Ce matin-là, il sait que la fin de son séjour approche. Il ne lui reste plus que quelques blocs à sélectionner, la plupart ont déjà été acheminés vers la plage et certains sont même déjà arrivés à Rome. Quand il les retrouvera tous au milieu du vacarme de la ville, il se souviendra qu'ils ont été extraits du silence de la montagne.

Michelangelo sent contre son torse la pochette que lui a cousue Maria. Elle l'a faite aux mesures de la petite bible d'Andrea. Il la porte depuis plusieurs jours déjà. Le sculpteur n'a pas poursuivi sa lecture. Le moment opportun ne s'est pas encore présenté. Plusieurs soirs, il a hésité, caressé la couverture de cuir. Il s'est remémoré les mots soulignés et, au dernier moment, a renoncé. Non, il ne veut pas savoir, pas encore. Jamais peut-être. Il a demandé à Maria de lui coudre cette petite sacoche munie d'une bandoulière assez longue pour que le livre soit collé à la peau de son ventre. Maintenant, il lui suffit d'un geste pour retrouver le trait délicat d'Andrea.

Lorsqu'il arrive à la carrière ce jour-là, il est parmi les premiers. Le soleil se lève à peine. La lumière dorée de septembre embrase la végétation et les parois de marbre découpées. L'endroit est sublime. L'harmonie de ses proportions est ici naturelle. S'il doit concevoir un jour une église, il puisera son inspiration directement ici, au sein de cette carrière où la nature élève la pierre avec tant de grâce.

Quel plus bel abri y a-t-il pour Dieu que cette montagne écorchée ?

Michelangelo se perd dans cette contemplation, il aimerait devenir un peu de cet éclat, faire partie de ce monde minéral qu'il aime tant sculpter. N'est-ce pas avant tout par amour du marbre qu'il y a planté son ciseau et son esprit ?

Perdu dans ses pensées, il n'entend pas Topolino approcher :

« C'est beau, n'est-ce pas ? »

Michelangelo sursaute et lui répond :

« C'est vrai ! Aujourd'hui, ça me foudroie. »

Les deux hommes restent un long moment à regarder la paroi de marbre qui étincelle. Par respect pour la beauté environnante, Topolino maintenant chuchote :

« Sais-tu que ce lieu, il y a bien longtemps, s'appelait Luna ? »

Michelangelo ne quitte pas la montagne des yeux et demande à son ami de poursuivre. Topolino ne se fait pas prier :

« Imagine les visages des premiers hommes quand un bout de paroi est tombé, quand le blanc a scintillé et qu'ils ont découvert ces pierres si blanches, issues de cette montagne si verte. Ils ont dû se retourner pour regarder la lune briller dans le ciel nocturne et se sont dit que des morceaux d'elle s'étaient échoués là. Comment auraient-ils pu appeler l'endroit autrement que Luna ? Ils ont raison. Tu ne crois pas ? Peut-être que sans le savoir nous continuons à creuser la lune, à la percer, à la trouer. Toi, tu la sculptes ! »

Topolino et Cavallino, avec vos noms d'animaux, vous êtes mes amis poètes. À Rome, vous ne serez plus là...

Ils admirent encore quelques instants la montagne avant d'aller rejoindre les autres, qui commencent leur journée de travail. Le sculpteur se souviendra de Luna comme d'un lieu unique où les hommes découpent et aiment la montagne avec la même passion.

Les heures passent et le crépuscule surgit. Épuisé par le vacarme des masses et des voix qui résonnent sur le marbre, le sculpteur retourne à l'endroit exact où il s'était posté le matin même. La lumière a changé, elle est déclinante, plus dorée encore. La brise se lève, bientôt les chauves-souris prendront leur envol et la carrière retournera au silence.

Les hommes s'en vont les uns après les autres. Michelangelo veut rester encore un peu et dit à Topolino de ne pas l'attendre.

Quand ils sont tous partis, le sculpteur comprend que le moment est venu. Il ôte la bandoulière de son cou, retire de sous sa chemise la pochette, et en sort délicatement la bible.

Mon cher Andrea, qu'as-tu encore à me dire ?

Doucement, il tourne les pages. Et Andrea lui parle de sa plume fine.

En divers endroits, il a souligné des phrases de l'Évangile de Jean pour lui dire ceci : « Cette maladie n'aboutira pas à la mort, elle servira à la gloire de Dieu : c'est par elle que le Fils de Dieu doit être glorifié. »

« En vérité, en vérité, je vous le dis, si le grain de blé qui tombe en terre ne meurt pas, il reste seul ; si au contraire il meurt, il porte du fruit en abondance. »

« Là où je vais, tu ne peux me suivre maintenant, mais tu me suivras plus tard. »

Les mouches

Michelangelo continue de porter la petite sacoche, il n'hésite plus à ouvrir la bible, à la lire et relire. Il le fait en marchant sur le chemin de la carrière et quand, quelques jours plus tard, il lève les yeux des pages saintes, il remarque une effervescence inhabituelle.

Topolino lui fait de grands signes, Michelangelo presse le pas.

« Regarde ce qui est tombé cette nuit ! »

Un énorme bloc gît sur le sol. Sur certains de ses côtés, on voit les traces brunes du bois qui, sous l'effet de l'eau versée par les carriers, a gonflé et précipité sa chute.

Michelangelo s'approche. Le marbre est plus haut que lui et très long. Le sculpteur le caresse, son grain est brillant et vivant. Topolino, un peu en retrait, observe l'œil subitement perçant de Michelangelo.

« Il est magnifique, n'est-ce pas ?

– Il est parfait, tout juste parfait », répond le sculpteur.

Des hommes attachés à des cordes se hissent le long de la paroi pour faire basculer les derniers éboulis. Pour ne pas être esclaves du destin, ils vont caresser de leurs ciseaux la nature capricieuse de la pierre. Ils ont chacun un petit mot pour elle, un surnom, une douceur pour l'apprivoiser. Le danger permet toutes les superstitions. Sur cette surface si blanche et élégante, ils ressemblent à de petites mouches qui s'agglutinent, qui vont et viennent.

L'humeur de ce jour-là est à la joie. Il est rare que la montagne leur offre un tel cadeau. Michelangelo se dit qu'elle lui fait même une farce. Alors que ses choix de blocs sont presque tous arrêtés, il va falloir qu'il révise ses plans, car il est impensable de ne pas utiliser cette pierre majestueuse pour la statuaire de l'étage du tombeau.

Il sort son carnet, parle à Topolino :

« Ce marbre est pour moi, je veux dire, pour Jules II ! »

Ils éclatent de rire. Ils savent bien que ce bloc est d'abord pour lui. Puis ils mesurent et réfléchissent. Combien de sculptures peuvent-ils en tirer ? Il va falloir le sectionner rapidement, car un bateau doit être chargé la semaine suivante.

Tous s'affairent, envahis par le même désir de rendre à la montagne ce qu'elle leur a donné. Elle ne peut pas être en de meilleures mains qu'entre celles du sculpteur. Un maître, un grand maître. Ils l'ont vu pendant ces longs mois, toujours parmi les premiers, à l'affût de chacun de leurs gestes, critiquant souvent leur manière d'attaquer le marbre. « Laissez la veine vous guider, sinon vous la massacrez ! », leur disait-il. Certains lui en ont voulu, l'ont traité de donneur de leçons et puis ils ont compris que c'était par amour simple de la pierre, de la montagne. Il en parlait comme de sa propre chair et, comme eux, son cœur en était fait. Au fil des jours, Michelangelo a senti leur résistance céder et, maintenant, il fait partie de leur grande famille. Il n'est plus seulement sculpteur, mais aussi tailleur de pierre. Il est accueilli avec chaleur, celle-là même qu'il ressentait du temps de son enfance dans les carrières de pietra serena. Et quand, en fin de journée, ils se recueillent dans un silence profond pour prier et remercier la montagne de ce présent inestimable, Michelangelo est parmi eux. Ils se donnent la main, récitent quelques mots, puis dans un élan commun unissent leurs pensées en hommage à cette déesse verte au cœur blanc.

Michelangelo est si heureux qu'il donne quelques ducats aux plus jeunes et les envoie au village trouver Maria afin qu'elle leur prépare de quoi fêter cela. Les tailleurs de pierre sont étonnés. Le sculpteur n'a jamais brillé par sa générosité. Ils sont d'abord gênés mais, quand les jeunes reviennent les bras chargés de vin, de pain, de jambon et de raisin, tous couvrent de louanges celui qui, soudain, se montre si prodigue.

Malicieusement, Michelangelo dit à Topolino :

« Ce n'est pas si compliqué de donner. Il suffit de faire comme la montagne : se laisser tomber. »

Ils sourient. Le sculpteur poursuit :

« C'est dommage que Chiara ne soit pas là pour nous chanter une de ses belles chansons !

– Tu sais qu'elle en a écrit une à propos de ta main en marbre ! Elle dit que c'est son trésor ! Au début, j'étais un peu jaloux de l'intérêt qu'elle lui portait, mais maintenant j'ai accepté. Tu vois, même parti, tu seras encore parmi nous... »

Ils se sont installés près des *rifiuti*. Certains sont assis, d'autres allongés, de petits blocs leur servent de tables. Topolino s'écrie :

« On est comme des empereurs romains ! Toutes les richesses du monde sont sous nos yeux ! »

Des « hourras » et des « vivent les Romains » fusent. On entend même un « Jules César, tu nous manques ! » Et si le vin s'infiltre dans les esprits, il n'altère en rien la gaieté de leurs cœurs.

Tard dans la soirée, ils redescendent au village, bras dessus, bras dessous, en chantant le long du chemin.

Arrivés sur la place, ils se séparent. Chacun rentre chez soi.

Michelangelo voit alors une petite silhouette sortir de l'église et passer devant lui en courant. Il reconnaît Michele.

« Michele, attends ! Que fais-tu si tard, ici ? »

Le petit, les poings sur les hanches, se plante devant lui et répond d'un ton méprisant :

« J'apprends à lire, monsieur. »

La contagion

Le lendemain matin, Michelangelo ne résiste pas à l'envie d'aller voir le curé pour le questionner. Il entre dans l'église alors qu'elle ouvre à peine. Une femme, le visage concentré, s'applique à astiquer les bancs de bois avec un chiffon. Le curé s'affaire près de l'autel.

Quand Michelangelo se racle la gorge pour manifester sa présence, les deux têtes se tournent vers lui. Dans l'obscurité de la nef, il leur faut quelques instants pour l'identifier. Le curé ouvre ses bras en signe de bienvenue.

« Maître, quelle joie de vous voir dans notre sainte église ! Qu'est-ce qui vous y amène si tôt ? Rien de grave, j'espère. »

Le sculpteur, gêné de lui avouer que sa curiosité le pousse jusque-là, lui répond en hésitant :

« Rien de grave, rassurez-vous, mon père ! La simple envie de me recueillir à l'ombre du Christ. »

Michelangelo désigne le crucifié qui, juste au-dessus d'eux, doucement se balance sur sa croix suspendue. Il poursuit :

« Il est tellement beau. »

Le curé, le regard dur, le reprend :

« Il a surtout souffert pour nous. Il s'est sacrifié ! »

Michelangelo observe l'ecclésiastique. Décidément, ils ne se comprennent pas.

Il hésite à lui poser sa question, puis se ravise et s'agenouille près d'un banc.

Prier un peu et parler ensuite.

Le sculpteur ferme les yeux et, dans le frais de la nef, plonge en lui-même. Il a prévu de repartir pour Rome dans quelques jours. Il est à la fois triste et heureux. Triste de laisser cette montagne si belle. Heureux d'enfin poser son ciseau sur ses blocs, recommencer à sculpter, être dans le vif de la pierre, dans le vif de la chair. Créer pour sentir la vie grouiller en soi. Il pensera certainement à Topolino, Cavallino et Michele, puis leurs visages se brouilleront. Il sait bien qu'il ne peut pas faire confiance à sa mémoire.

Ne pas penser à cela maintenant.

Il se lève et rejoint le curé, qui lisse une nappe posée sur l'autel.

« Mon père, est-il vrai que le petit Michele apprend à lire avec vous ?

– Comment êtes-vous au courant ? Il voulait que ça reste secret.

– C'est lui qui me l'a dit.

– Ce petit Michele est incroyable. Il est venu ici, il y a quelques semaines, en me disant qu'il fallait qu'il apprenne à lire. Je lui ai demandé pourquoi. Il m'a répondu que s'il voulait un jour partir de ce village de "crétins", c'est le mot qu'il a employé, il fallait qu'il lise, qu'il écrive. Je lui ai dit qu'il avait bien raison. Pas pour les crétins, bien entendu, mais pour la lecture ! »

Le curé rit presque. Sa soutane soubresaute en silence. Michelangelo interprète ces mouvements comme un rire pieux. L'ecclésiastique poursuit :

« Il a tout de suite compris. La lecture du latin n'a plus de secret pour lui. Nous commençons celle de l'italien. Ce petit est habité par un désir féroce, rare pour son âge. Je n'en connais pas la raison. Savez-vous quelque chose ? Il me parle souvent de vous et, même s'il s'en défend, il vous admire beaucoup.

– Je ne sais pas. Nous avons parlé quelques fois, mais il ne m'a rien dit concernant son avenir au village ou en ville.

– Ou parmi nous, au sein de l'Église ! Souvenez-vous que nous sommes ceux qui détenons le savoir suprême. Et ce petit serait une très bonne recrue sur les bancs du Vatican.

– Certainement, mon père. Je vous remercie du temps que vous avez bien voulu m'accorder. Je vais maintenant prendre le chemin de la carrière. »

Michelangelo le salue et se dirige vers la porte. Il se presse. Il a hâte de retrouver le sentier, son sentier. Mais au moment où il s'apprête à pousser l'énorme battant de bois, le curé lui dit d'une voix forte qui résonne sous les voûtes :

« J'ai reçu une lettre du frère Guido ! »

Michelangelo s'arrête net. Ses joues s'empourprent. Il n'ose pas se retourner. La voix forte continue :

« Il y a de cela quelques jours, il y était d'ailleurs question de vous. »

Le sculpteur fait volte-face, essayant, tant bien que mal, de contrôler sa respiration.

« Michelangelo, vous semblez troublé ! Asseyons-nous quelques instants ! »

Les deux hommes sont maintenant côte à côte dans le silence de l'église. La femme qui astiquait les bois est repartie sans qu'ils s'en soient aperçus. La voix du curé se fait douce, presque réconfortante :

« Le frère Guido m'a raconté dans sa lettre la terrible épidémie qui s'est abattue sur le couvent. Vous vous y êtes rendu, n'est-ce pas ? J'ai entendu parler de vos travaux de dissection. Je dois vous dire que je ne les approuve absolument pas. Le corps doit rester intègre pour rejoindre sa terre promise. Mais c'est une autre affaire. Revenons à frère Guido. »

Tout en écoutant le curé, Michelangelo suit le fil de ses propres pensées. Andrea est donc mort de cette maladie. Il devait se savoir malade et, pour trouver la force d'affronter la mort, il soulignait des phrases de sa bible. Pour comprendre, pour supporter.

Le sculpteur entend la voix douce lui dire :

« Le frère Guido a été l'un des derniers à être contaminé. Il a survécu. Il pense que la maladie a perdu de sa force en se propageant de corps en corps. Il m'a demandé de vous le dire et que vous comprendriez alors. Il a ajouté aussi que la manière dont vous avez si injustement chassé l'émissaire du Pape faisait grand bruit à Rome et que c'était pour cela qu'il m'écrivait à moi. »

Le curé se tourne vers Michelangelo :

« Vous repentez-vous de cet acte grossier ? »

Le sculpteur baisse la tête et répond avec toute la conviction dont il est capable :

« Bien sûr, mon père ! »

Puis il se lève pour prendre congé une seconde fois. Le curé, en guise d'au revoir, lui dit :

« Il faudra veiller à soigner cet orgueil et cette colère. »

La conversation

Hagard, Michelangelo traverse le village jusqu'au chemin qui mène à la carrière. Aucune pensée ne parvient à s'arrimer à son ahurissement.

Lorsque ses pas foulent enfin le sentier de la montagne, il s'arrête. Il hésite quelques instants, puis se cache derrière les arbres qui bordent le chemin de terre. Dissimulé par le feuillage, il s'adosse à un tronc. Ses jambes tremblent, ne le portent presque plus. Il se laisse glisser sur le sol. Assis sur la terre humide recouverte de fougères et de glands, il est assailli par l'abattement. Il a l'impression que tous les fragments de son corps, mais aussi chaque minuscule parcelle qui le constitue, sont engloutis par une immense vague de tristesse. Et, quand Michelangelo commence à pleurer, il lui semble que les mots, désespérément cherchés depuis son enfance, coulent le long de ses joues, formant un verbe brûlant qui lui strie la peau.

Michelangelo pleure, comme il l'avait fait dans la ruelle lorsqu'il s'était lancé à la poursuite de l'apparition, et la tristesse qui s'évade de lui le plonge au cœur de ses émotions.

Andrea, c'est comme si je réalisais enfin ta mort, comme si je la laissais libre de sortir de moi. Le curé, sans le savoir et sans te nommer, a répondu à la question qui me taraude depuis de si longs mois. Qu'il parle de toi, de cette maladie rend réel ce que, jusqu'ici, je n'avais fait qu'imaginer.

Michelangelo reste un long moment assis, les genoux repliés, la tête posée sur ses bras croisés, enveloppé par l'humidité et le silence végétal. Retourner à la terre et oublier la pierre. Un jour, sa pietra viva aussi se désagrégera pour devenir humus, nuages pluvieux et fleurs fragiles.

Quand les pleurs et les tremblements s'apaisent, le sculpteur reprend le chemin de la carrière. Les yeux rougis, il se dit que cette ascension est l'une des dernières, que bientôt il abandonnera la montagne à ses seuls rayons de lune et qu'il n'en portera que le souvenir.

Arrivé en haut, il est aussitôt hélé par les carriers, qui veulent régler les derniers détails. Les bœufs sont attelés et demain Michelangelo doit se rendre à la mer pour l'ultime embarquement des blocs. La lumière, en cette matinée, est limpide, presque tranchante.

L'activité de la journée lui fait, par intermittence, oublier ses émotions des premières heures. Quand il y repense, il se réjouit de pouvoir maintenir une certaine distance avec elles.

Parvenir à travailler, ne pas se laisser envahir.

Le soir, harassé, il rentre au village avec les autres. En passant devant le bosquet qui, plus tôt, a accueilli sa peine, il sourit. Et, soudain, il a envie de retourner une dernière fois au grand pré pour admirer le chêne majestueux et l'herbe si verte qui l'entoure. Il y va pour se souvenir de chaque détail, y trouver plus tard du réconfort, lorsque le Pape le traitera comme un chien. N'en est-il pas un ? Cavallino voit toujours juste. D'ailleurs, il est là. Michelangelo le voit galoper, zigzaguant dans la prairie qui, sous les derniers feux du soleil, est devenue rousse.

Le sculpteur le rejoint en s'écriant :

« Cavallino, comment vas-tu ? »

Les deux hommes se serrent dans les bras l'un de l'autre. Michelangelo le regarde maintenant droit dans les yeux et lui repose sa question :

« Cavallino, comment vas-tu ?

– Eh bien, tu vois, je suis là, je galope avec elle. Tu ne la vois plus parce qu'elle a pris toute sa place en moi. Tu ne trouves pas que je suis beaucoup plus grand maintenant ? »

Michelangelo lui répond en hésitant :

« Si c'est ce que tu ressens, ce doit être vrai...

– Tu sais, elle est enterrée juste sous le grand arbre. Quand son maître est venu la chercher, j'étais toujours allongé près d'elle. Je l'ai supplié de l'enterrer ici. Il a accepté. Elle était, de toutes les manières, trop lourde à transporter. Il est revenu avec deux pelles et nous avons creusé, creusé. Depuis, elle est là. »

Tout en parlant, il désigne le grand chêne. Michelangelo distingue un monticule de terre retournée. Il hoche la tête :

« C'est bien qu'elle soit ici... »

Cavallino poursuit :

« J'ai grandi parce qu'elle est entrée tout entière dans mon âme. Je la porte. Elle voit ce que je vois. Je lui parle et, même si elle garde toujours le silence, je sais qu'elle m'écoute. Une partie de moi est avec elle, une partie d'elle cavale avec moi.

– Tu sais, Cavallino, je vais partir bientôt. Je penserai à toi. »

Michelangelo ne trouve pas les mots pour lui expliquer combien leurs conversations l'ont aidé, combien sa naïveté force la vérité des autres. Ils discutent encore un peu, puis le sculpteur salue son ami et rentre au village.

Il y a encore une personne à qui il veut parler : Michele. Il l'attend près de la porte de l'église.

L'enfant sort enfin et s'arrête net quand il voit la silhouette du sculpteur se détachant sur le marbre de la façade. Michelangelo ne lui laisse pas le temps de s'enfuir et dit aussitôt :

« Michele, je suis venu pour que tu pardonnes, une fois encore, mon orgueil et ma colère. Mais aussi, pour te féliciter d'apprendre à lire. Tu fais des choix dont j'aurais été incapable à ton âge. »

Michele s'approche. Il fixe le regard du sculpteur pour y déceler sa sincérité. Et Michelangelo voit soudain le bleu des yeux de l'enfant chavirer et tout son corps se jeter contre le sien. Il l'entoure de ses bras et poursuit en chuchotant :

« Veux-tu venir à la mer avec moi demain ? »

L'enfant ne répond pas, mais Michelangelo sent contre sa poitrine les hochements de sa petite tête.

La tresse

C'est l'esprit apaisé et le cœur gonflé de joie que le sculpteur entre dans sa chambre ce soir-là. Il s'accoude à la fenêtre et contemple la nuit étoilée. Combien de couleurs, combien d'ombres changeantes aura-t-il observées depuis cette ouverture ?

Michelangelo se laisse aller à la mélancolie de ces instants précieux qui bientôt s'évanouiront dans les brumes de l'oubli.

Maria a déposé un plat durant son absence. Le fenouil braisé a refroidi. Il en mange quelques bouchées, puis préfère se contenter de pain. Une belle tranche à la farine sombre et à la croûte craquante. Ce pain que Maria réussit si bien. Dans son verre de vin, il trempe un bout de mie qui ramollit et rougit. Michelangelo a tout juste le temps de le porter à sa bouche. Près du couteau, il y a la petite bible et le livre de Pétrarque qui, cachés dans sa sacoche, prendront aussi la route de Rome.

Il soupire en se remémorant les différents moments de la journée. Puis, épuisé, il se couche et s'endort, aussitôt saisi par le rêve.

Dans l'obscurité de cette chambre qu'il laissera dans quelques jours, elle apparaît. Celle qu'il n'espérait plus, celle qu'il n'a pas appelée depuis son enfance.

Dans la douceur de cette chambre où son esprit endormi s'est lové, il ose caresser de sa bouche le mot chéri. Celui délibérément emprisonné dans une boîte. Un mot simple et doux. Si simple que les lèvres n'ont qu'à se clore deux fois pour le prononcer. Deux *m* entre lesquels s'intercalent une voyelle ouverte et une autre fermée. Ce mot du début de l'amour, de la naissance aux autres.

Dans son sommeil, Michelangelo le murmure, et de cette audace inconsciente surgit l'image.

Elle est de dos. Il y a sa longue tresse brune. Ses mains d'enfant la caressent. Lentement, il en défait des mèches qui s'évadent en ondulant.

Michelangelo prononce encore le mot.

Elle se retourne et lui sourit. Il la dévore des yeux. Elle est là, comme jadis. Ils ont maintenant le même âge.

Les larmes du matin s'échappent des paupières closes du sculpteur.

Sa peau à elle est si blanche, si diaphane. Son regard couleur d'automne. Ses lèvres fines. Comment avait-il pu les oublier ?

Elle lui sourit et, dans un souffle, lui dit qu'elle l'attendait, qu'elle ne le quittera plus.

La chevelure de pluie s'est défaite.
De l'orage naît l'espoir infini
D'un amour retrouvé
Qui s'arrache à l'oubli
Pour ressusciter la mémoire de l'enfant
Dans le cœur de l'homme.

La vision

Michelangelo, à peine endormi, se réveille. Elle était là. Il l'a vue. Ses mains fouillent l'obscurité.

« Où es-tu ? Reste encore ! »

Il entend, dans le creux de son oreille, sa voix à elle :

« Je suis là. »

Et ces paroles inespérées le plongent dans un bonheur inouï. Il cherche à tâtons sa bougie pour l'allumer. La flamme vacille, et le visage de sa mère flotte dans la pièce. Ses mains se cramponnent aux draps. Il a envie de hurler, de réveiller toute la ville, de leur dire qu'elle est revenue, que finalement elle ne l'avait pas abandonné.

Michelangelo est maintenant debout, plein d'une vigueur nouvelle. Il n'y a qu'un lieu qui puisse accueillir sa joie : la carrière.

Il sort, traverse le village dans la nuit profonde. En bas du chemin, les rayons de lune guident ses pas. Il avance, poussé par le bonheur, ébloui par le visage de sa mère qui ne s'efface pas, qui reste à portée de main, de mémoire. Il l'appelle sans cesse et toujours elle lui sourit. Un sourire qui le force à la paix, à l'abandon sans rémission de ses peurs. Comme jadis lorsqu'elle le prenait dans ses bras pour le consoler.

Il éprouve la joie simple d'être en vie, le miracle du rêve qui arrache le sourire du gouffre.

Il n'y a plus de gouffre. Je danse sur l'herbe de mon enfance.

Michelangelo court. Son euphorie le fait trébucher. Il se relève tout en se disant que, s'il devait mourir à cet instant précis, il l'accepterait en toute sérénité.

Elle est là, en moi. Elle ne me quittera plus.

Et, dans son ivresse joyeuse, il sent le parfum, entend le rire, goûte le souvenir, caresse la robe et s'abreuve du visage. Elle est tout entière. Sa mère.

Quand Michelangelo arrive à la carrière, il n'en croit pas ses yeux. Ils sont là tous les deux : Andrea et sa mère, qui surplombent la montagne. Immenses colosses de marbre sculptés à même la roche, regardant dans la même direction, vers la mer.

Le sculpteur, subjugué par cette vision, s'agenouille et les dévisage. Elle est debout, le port altier, la tête drapée d'un foulard léger. Elle tient dans ses bras Andrea, blessé et dénudé, qui jette un dernier regard vers l'immensité du ciel avant de plonger dans les profondeurs de l'éternité. La sculpture géante est celle du dernier instant, celle que jamais il n'exécutera et qui pourtant, sous ses yeux, s'élève vers le ciel, emportant avec elle la moitié de la montagne.

Michelangelo comprend soudain qu'il s'est toujours trompé, que sa mère et Andrea, par leur présence minérale, lui montrent le chemin. Dans son art, il a toujours sculpté la pierre pour la transformer en peau, pour qu'elle ne soit plus que chair et tissu. Maintenant, il réalise que ses personnages veulent devenir marbre, ne désirent rien d'autre que de voir leur peau se pétrifier jusqu'à en être rugueuse, afin de retourner à ce qu'elle est véritablement : des souvenirs millénaires fossilisés, emprisonnés dans le cœur blanc de la montagne.

Que la chair se fasse pierre. Ne l'obliger à rien d'autre.

Michelangelo entre dans une transe inconnue de lui jusqu'alors. Il marche en tous sens, danse, touche les parois de marbre, se cogne à elles, puis lève les yeux et s'émerveille de les voir encore.

Vous êtes là. Vous ne me quittez pas !

Toute la nuit, il court, chante, hurle sa joie jusqu'à l'épuisement, jusqu'à s'endormir à même le sol et être réveillé par Topolino, qui lui tapote l'épaule au petit matin :

« Que fais-tu ici ? Tu as dormi là ? Je croyais que tu devais aller à la mer ! »

Michelangelo se réveille sans savoir où il est. Il regarde le visage du carrier et la montagne qui l'entoure. Les colosses ont disparu. Son cœur se serre, mais sa mémoire vive lui en procure aussitôt une image précise.

Il saute sur ses pieds et, avant de partir, dit à Topolino :

« S'il te plaît, trouve-moi du bois d'olivier et deux charnières. »

Le sable

Michelangelo redescend au village et, après avoir demandé à Maria que sa monture soit préparée, il va chercher Michele. L'enfant est assis sur le seuil de sa maison :

« Je croyais que tu n'arriverais jamais ! Je t'attends depuis l'aube !

– C'est que ma nuit a été mouvementée, mais je suis prêt. Mettons-nous en route ! »

Le sculpteur et l'enfant sont à cheval sur le chemin sinueux qui mène à la mer. Le petit est installé devant le sculpteur qui, d'une main, le maintient fermement contre lui, et de l'autre guide les rennes. Ils ne se parlent pas. Ils cheminent en silence. Heureux de se balancer au rythme de l'animal.

Michelangelo n'avait, jusque-là, jamais serré aussi longtemps un enfant contre lui. Il est bouleversé par la fragilité de ce petit corps qui cherche à se blottir, qui ne demande qu'à s'abandonner, qui n'oppose aucune résistance à la force qui le protège. Michelangelo n'a jamais protégé personne auparavant. Il n'a vécu que pour lui-même, parfois ébloui par la beauté des autres, sidéré de désir en imaginant leurs corps nus. Il a caressé, pénétré d'autres chairs, et pourtant cette intimité n'a jamais réussi à briser sa réserve. Michele, lui, parvient à être tout entier dans la cadence du cheval, dans cet instant qu'ils partagent. Ce présent qui disparaît dans la poussière soulevée par les sabots.

La pensée de Michelangelo est encore obnubilée par sa vision nocturne. Il les voit parfaitement, et l'émotion indescriptible qui en découle lui fait espérer qu'il ne sculptera plus jamais comme avant. Finir, polir, tout cela n'a plus d'importance. Ce qui compte, c'est ce lien nouveau entre son esprit et la matière, entre ceux qui grouillent en lui et la pierre. Il ne veut plus les entraver de sa maîtrise, ne plus être l'arbitre, simplement dégrossir le marbre afin que s'en échappe le premier souffle. Son esprit humain doit céder à la volonté minérale. Il ne matera plus la foule qui peuple son imagination.

Après plusieurs heures de route, ils arrivent enfin à la mer. Le visage de Michele s'illumine lorsqu'il voit l'immensité bleue. Il ouvre la bouche, mais aucun mot n'exprime ce qu'il ressent, ni en italien, ni en latin.

Michelangelo lui prend la main et, l'un à côté de l'autre, ils marchent sur la plage. Près du rivage, ils délacent leurs chausses et, toujours en silence, les pieds nus plantés dans le sable humide, ils scrutent l'horizon à la recherche des confins de la mer. Leurs cheveux sont balayés par le vent frais d'automne. Un vent qui souffle dans leurs oreilles et se mêle au chant des vagues. Une musique que Michele découvre, celle du commencement, de la mise au monde.

Michelangelo s'accroupit près de l'enfant et lui dit qu'il doit aller vers les bateaux, un peu plus loin, pour régler les dernières cargaisons.

« Reste là, si tu veux. Tu peux t'amuser, chercher des coquillages. Je les ai pris ici, ceux que je t'ai donnés.

– Je les ai gardés, ils sont cachés avec le dessin. »

Et Michele joue des heures durant, sans voir le temps passer. Parfois, il jette un coup d'œil vers les embarcations pour vérifier que Michelangelo y est toujours, puis son attention se porte à nouveau vers la mer.

Le sculpteur le rejoint en fin d'après-midi, les bras chargés de fruits et de poissons grillés. Ils ont faim et mangent avidement, se léchant les doigts avec minutie. Le repas terminé, Michelangelo sculpte dans le sable de petits monstres grotesques, juste pour le plaisir d'entendre le rire de l'enfant. Ce rire qui, un jour, l'a plongé dans le jardin de ses souvenirs.

Michele, avec un petit bout de bois, leur coupe la tête, les décore de coquillages, s'esclaffe à chaque fois que la mer les engloutit et s'exclame :

« Fais-en encore. Donne à manger à la mer ! »

Michelangelo s'exécute sans se lasser.

Soudain, il s'aperçoit que l'enfant ne rit plus. Il le regarde. Michele accroche ses yeux aux siens et, à travers les larmes qui noient ses pupilles, lui offre une gratitude infinie. Muette.

On n'entend plus que l'écume pénétrer le sable.

Le départ

Michelangelo passe la nuit entière à sculpter le bois d'olivier que lui a donné Topolino. Il part le lendemain matin et il ne lui reste plus beaucoup de temps pour finir. À la lueur de la bougie, les copeaux, qui maintenant envahissent la table, tressaillent au gré des tremblements de la flamme.

Pour cette dernière nuit, le sculpteur n'a fermé ni les volets ni les fenêtres. Il laisse le ciel entrer dans sa chambre. De temps à autre, il pose son ciseau, regarde les étoiles et écoute le crépitement des bûches dans la cheminée.

Dire que maintenant je sculpte une boîte, une seconde boîte...

Topolino n'a pu s'empêcher de lui demander ce qu'il allait faire du bois. Michelangelo a hésité à lui raconter toute l'histoire : sa mère, ses souvenirs, sa pietra viva. Le tailleur de pierre a vu le regard du sculpteur chanceler puis se ressaisir :

– C'est pour Michele, un jeu d'enfant...

Topolino n'a pas insisté.

Michelangelo attache maintenant le couvercle grâce aux deux petites charnières. La boîte est simple, sans fioritures. Il glisse à l'intérieur une feuille de papier pliée. Le moment venu, il donnera le tout à Michele.

Le jour se lève sous la pluie et, pourtant, ils sont tous venus l'attendre. Maria leur offre à boire autour de la cheminée. Il y a Topolino et Chiara, Cavallino et tous les autres, ceux qui l'ont accompagné durant ces longs mois. Même le curé est là.

Ensemble, ils trinquent à la réussite du projet du sculpteur. Ils espèrent tous que Jules II appréciera la qualité du marbre et le travail qu'ils ont chacun fourni pour que le tombeau voie le jour.

Michelangelo a maintenant hâte de partir. Il déteste les adieux, et Rome l'appelle. C'est là-bas qu'il doit être, non plus ici. Il salue les uns et les autres, serre longuement Cavallino dans ses bras et lui glisse à l'oreille qu'il ne l'oubliera pas, que sa mémoire lui est revenue, qu'il sera toujours dans ses pensées.

Il est maintenant temps d'aller trouver Michele. Il lui a donné rendez-vous dans l'écurie. L'enfant est là, qui joue avec les chevaux.

Lorqu'il aperçoit le sculpteur, il court vers lui :

« Quand est-ce que tu reviendras ?

– Je ne sais pas, Michele, mais pour que le temps passe plus vite jusqu'à notre prochaine rencontre, je t'ai apporté quelque chose. Pour te remercier aussi.

– De quoi ? »

Michelangelo sait qu'il ne trouvera pas les mots. Il a sculpté cette boîte pour qu'elle contienne tous ceux qu'il est incapable de dire.

Il la sort de sa sacoche et la tend à l'enfant :

« C'est une boîte à souvenirs, et celle-là est sans serrure ni clé. Tu peux l'ouvrir et la fermer à ta guise. »

Michele soulève le couvercle :

« Il y a un papier dedans. C'est un dessin ?

– Non, c'est quelque chose que je t'ai écrit, maintenant que tu sais lire. »

Après un silence, Michelangelo poursuit. Sa voix se brise :

« Tu vois, quand j'étais enfant, j'avais une boîte un peu comme celle-là, mais j'ai eu le malheur de la fermer à clé et de l'enterrer sous un arbre. À cause de cela, j'ai perdu la mémoire. Ici, grâce à ton rire, je l'ai retrouvée, et mes souvenirs sont revenus. Je te les donne pour que tu y mêles les tiens. »

Le sculpteur, les lèvres tremblantes, embrasse le front de l'enfant et, avant que Michele n'ait le temps de lui répondre, il s'en va.

Sur le papier, Michelangelo a écrit :

Dans le sable creusé par la mer,
L'enfant de ses mains douces
A déterré le coquillage.
L'approchant de son oreille,
Il espère retenir les vagues
Et récolte l'écume d'un parfum.

Alors que ses pas le mènent
Au cœur de la montagne,
Il se laisse surprendre par Écho
Qui, la gorge déployée,
Lui offre le chant du parfum :
Le rire de l'iris.

Du haut de son perchoir,
Il tombe sur le sol de son enfance.

La main si délicate
Lui parle d'aromates et d'amour.
Il l'entend, la sent, la goûte.
Quand la verra-t-il ?

L'enfant porté par sa joie
Dévale le chemin de pierres,
Il y abandonne peurs et jouets
Pour plonger dans l'étreinte chaude
De la robe adorée qui grave sur sa joue
Ses arabesques brodées.

La chevelure de pluie s'est défaite.
De l'orage naît l'espoir infini
D'un amour retrouvé
Qui s'arrache à l'oubli
Pour ressusciter la mémoire de l'enfant
Dans le cœur de l'homme.

Table

RÉALISATION : IGS-CP À L'ISLE-D'ESPAGNAC
IMPRESSION : CPI FRANCE
DÉPÔT LÉGAL : JANVIER 2015. N° 114385-10 (3014338)
IMPRIMÉ EN FRANCE

« LES GRANDS ROMANS » DE POINTS
DES ROMANS QUI TRAVERSENT L'HISTOIRE

Rêves oubliés

Léonor de Recondo

À l'ombre des pins, ils ont oublié le bruit de la guerre et la douleur de l'exil. Dans cette ferme au cœur des Landes, Aïta, Ama et leurs trois enfants ont reconstruit le bonheur. Dans son journal, Ama raconte leur quotidien, l'amour, la nécessité de s'émerveiller des choses simples et de vivre au présent. Même dans la fuite, même dans la peur, une devise : être ensemble, c'est tout ce qui compte.

« Rêves oubliés *déborde d'un amour pudique et de cette paix qui surgit quand on accepte de ne plus nager à contre-courant.* »

ELLE

« LES GRANDS ROMANS » DE POINTS
DES ROMANS QUI TRAVERSENT L'HISTOIRE

Karitas, l'esquisse d'un rêve
Livre I
Kristín Marja Baldursdóttir

Karitas rêve d'être peintre. Dans la ferme familiale, perdue au fond d'un fjord d'Islande, elle dessine, comme son père disparu en mer le lui a appris. Vouée à saler les harengs, son destin bascule quand une mystérieuse artiste révèle son talent et l'envoie à l'académie des Beaux-Arts de Copenhague. À son retour, Karitas n'a qu'un souhait : monter son exposition et consacrer sa vie à l'art abstrait.

« Une fresque historique, sociale et humaine époustouflante. »
Atmosphères

« LES GRANDS ROMANS » DE POINTS
DES ROMANS QUI TRAVERSENT L'HISTOIRE

Les Adieux à la reine

Chantal Thomas

Dans Vienne ruinée et humiliée par la victoire de Napoléon, Agathe-Sidonie, ancienne lectrice de Marie-Antoinette, se souvient. De l'année 1789. Du faste de la Cour, bien sûr. Et particulièrement, au lendemain de la prise de la Bastille, des derniers jours à Versailles auprès de cette reine si controversée, qui continue de la fasciner. Agathe-Sidonie s'est enfuie dans la nuit du 16 juillet 1789...

« Un pur régal pour les amoureux du siècle des Lumières et de Versailles. »

Historia

« LES GRANDS ROMANS » DE POINTS
DES ROMANS QUI TRAVERSENT L'HISTOIRE

La Couturière

Frances de Pontes Peebles

Emilia et Luzia, les sœurs orphelines, sont inséparables. Un jour, Luzia est enlevée par les *cangaceiros*, de terribles bandits. Dans ce Brésil âpre et violent des années 1930, Emilia nourrit toujours un infime espoir : et si Luzia avait survécu ? Se cacherait-elle sous les traits de la Couturière, cette femme réputée impitoyable, devenue chef des mercenaires ?

« Un véritable petit bijou littéraire. »

L'Express